야생은 내게
마음을 비우라 했다

이 책은 전남문화예술재단과 한국문화예술위원회의 지역협력형 사업으로 지원받아 발간되었습니다.

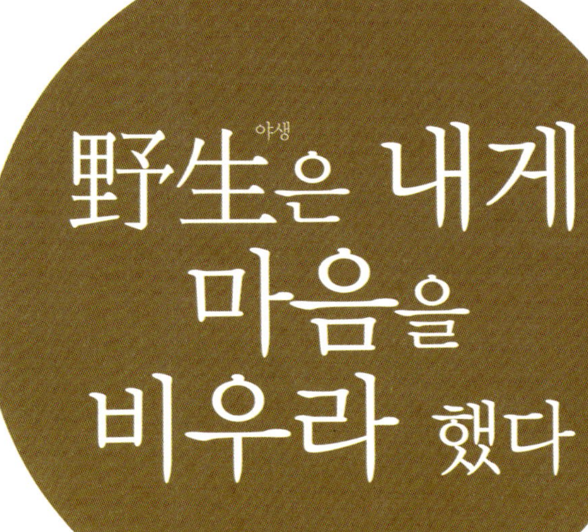

글 · 사진 유영관

북마크

들어가면서

몇 년 전 승진을 지척에 두고 두세 번의 승진 인사에서 고배를 마시고, 낙담하면서 잠 못 이루는 몇 달을 보냈다. 그때 마음을 잡기 위해 카메라를 들고 섬진강을 배회한 적이 있다. 그렇게 우연히 접한 사진에 매료되어 지금은 주말이면 사진기를 들고 들로, 산으로 다니는 취미이자 일상이 되어 버렸다.

사진기는 디지털이란 매혹적인 매체와 접목되면서 마니아가 많이 늘었다. 필자 역시 중독에 가깝게 사진에 빠져 들어가 버렸다. 사진을 잘 찍는 편은 아니지만 사진기를 들고 나가면 행복해진다. 직장의 스트레스를 털어 내는 나만의 돌파구를 확보한 셈이다.

십 년 넘게 찍은 새, 꽃 그리고 자연 풍경들을 블로그에 올리기 시작했다. 나만의 행복을 다른 이들과 소통을 통해서 알리고 싶었다. 특히 조류 사진은 이상할 만큼 중독성이 심하다. 한창 새 사진을 찍으러 다닐 때는 주말이 오기도 전에 꿈자리에서 소설 한 편을 쓰다 지우며 아침을 맞이하는 게 다반사였다. 망원렌즈를 통해 보여지는 새들의 깃털은 꽃들의 아름다운 색을 넘어선다. 생각지도 않은 귀한 녀석들을 찍을 때면 그 기쁨이란! 표현하기 어려운 카타르시스를 준다.

블로그에 어느 정도 글과 사진이 채워지니 책을 한 권 내놓고 싶은 욕심이 생겼다. 그러나 막상 작업하면서 시집을 펴낼 때의 고통을 망각한 나를 자책했다. 이 정도 양이면 책 한 권 거뜬하다고 생각한 것이 욕심으로 이어졌고, 욕심이 욕심을 낳아 결국 '왜 이 작업을 다시 하게 되었을까' 자책하고 있다. 그래도 애당초 마음먹은 작업이라 미사여구 다 버리고 진솔하게 엮어 보기로 한다. 사진도 글도 세상에 내놓을 만한 감이 안 되는데 그래도 시작은 했다는 자만심으로 부끄러움 마저 감춰 본다.

끝으로 사진기만 들고 새들을 가족보다 더 사랑했다는 이유로 소홀히 했던 아내 윤미경 그리고 큰딸 고운이, 둘째 딸내미 지연이, 막둥이 민서까지 얼굴 마주하고 표현 못했던 미안함을 이렇게 대신 에둘러 전하고 싶다. 주말을 같이 못해 줘서 미안했다고. 또 오래전 인연으로 어려운 여건 속에서도 기꺼이 출판을 해주신 북마크 정기국 대표님과 디자이너, 편집 교정까지 담당해 준 직원들에게도 고마움을 표한다.

2015년 12월 유영관

CONTENTS

|1부|

새들의 생태 일기장

호사스럽다
호사비오리

오래전에 강원도 동강에 댐을 건설하는 문제로 이슈 된 적이 있었다. 동강이 어디에 있는지도 모를 적에 그 동강에 댐을 건설하는 문제는 나에겐 그렇게 크게 와 닿지 않았다. 그러나 환경 단체부터 지역 주민들까지 동강을 지키기 위해 많은 고생을 한 덕분에 전국적으로 알려졌고, 덕분에 어느 방송에서인가 보여 준, 동강에서 병아리 같은 새끼를 키우며 살아가던 비오리가 지금도 뇌리 속에 생생하게 남아 있다. 물 위를 헤엄쳐 가던 어미 뒤를 졸졸 따라가는 병아리 같은 새끼들이 인상 깊었나 보다. 하여간 동강 댐 백지화는 이 비오리 덕분이라는 이야기가 가끔 회자되곤 했다.

비오리는 오리과로 겨울이면 전국 강에 찾아오는 반가운 철새다. 내가 소개하는 호사비오리도 이 비오리 중 하나다. 바다비오리도 있지만 호사비오리는 조금 더 호사스럽다고나 할까. 특별해서 소개하려고 한다.

뒷머리 부분의 갈채와 옆구리에 독특한 비늘무늬가 특징인 호사비오리를 본 사람들은 호사스럽다고 한다. 호사는 호화롭게 꾸미거나 치장하는 걸 뜻한다. 그래서 그런지 호사도요, 호사북방오리 등 새 이름에 호사가 붙은 경우를 볼 수 있다. 이렇게 특별한 녀석을 남도에서도 볼 수 있다는 것은 큰 행운이다. 시베리아 아무르 강 유역이나 북한 두만강 등에서 새끼를 낳고 키우다가 강이 얼기 전인 11월쯤이면 남한강 변이나 영산강 지류에 10여 마리가 월동을 하다가 3월 정도면 다시 기류를 타고 북쪽으로 날아가 버린다.

2011. 12. 28. nikon D700×600mm F4/영산강 지석천

호사스럽다고 해서 이름이 붙여진 호사비오리. 특히 수컷은 남색한 하얀색 여백에 호피무늬 비슷한 깃털과 머리 뒤통수에 갈채 한 묶음을 달고 다니는 아름다운 녀석이다.
지구상에 1,000여 개체밖에 남아 있지 않은 국제자연보호연맹(IUCN)의 적색 목록에 멸종 위기종으로 분류되었고, 천연기념물 제448호(2005. 3. 17)로 지정되어 보호받고 있다.

13

처음엔 광주에서도 30여 분 거리에 이 귀한 녀석들이 산다는 정보를 접하고 얼마나 반갑든지 버선발로 뛰어나가서 찍고 싶은 마음이었지만, 이들을 아끼는 마음에 주로 어느 지역에 있다는 정보를 아는 사람들만 조금씩 찍고 쉬쉬하는 듯했다. 그래도 어찌 귀동냥을 해가며 몇 해 전부터 매년 겨울이면 이 녀석을 만나고는 있다. 작년에 보니 이 녀석들이 즐겨 사는 곳의 강변도 누군가 헤집은 흔적이 있었다. 재개발을 하고 산책로를 만드는 등 몸살을 앓고 있더라.

호사비오리는 까칠 대마왕쯤 된다고나 해야 할까. 이 녀석을 찍을 때는 억새풀이나 주변 지형을 거의 표시 안 나게 위장해야 하고, 그 흔한 전화 통화는 물론이고 내가 있음을 알리지 말아야 한다. 꼭꼭 숨어서 기다려야 한다. 어떤 때는 하루 종일 기다리다가

14

2011. 12. 18. nikon D700×600mm F4.5/영산강 지석천

먼발치 100여 미터 앞쪽에서 시위하듯 지나다니는 걸 보게 된다. 이런 현상은 주변에 낚시꾼이 있거나 내가 위장에 실패했다는 이유가 되겠다.

펴펴 물을 가르며 단체로 물속으로 잠입하여 물고기를 잡아먹는 잠수형 오리류인 탓에 위장막에서 딴전을 피우다간 코앞에서 지나가는 녀석들을 놓치기 십상이다. 10여 미터 앞에서 바라보는 호사비오리 뒤통수의 갈퀴 모습은 환상 그 자체이다. 또 물기에 촉촉이 젖은 날갯죽지 옆 파도 무늬는 또 얼마나 아름다운지!

자주 볼 수는 없지만 오롯이 호사비오리만 꽉 차게 담긴 파인더로 온정신을 쏟으며 이들의 움직임을 바라보고 있노라면 내가 왜 생태 사진을 좋아하게 되었는지 이유를 알게 된다.

다만 아쉬운 게 있다면 이들이 평화스럽게 먹이 활동하며 쉴 수 있는 공간

15

이 갈수록 사라져 간다는 것이다. 이 영산강 지천도 어쩌면 아무르 강변이나 자기가 태어나서 자랐던 곳의 먹이 환경이나 1급수 정도의 깨끗한 환경이어서 매년 이곳을 찾는지도 모른다. 그러나 이곳도 갈수록 눈에 보이게 훼손되어 가고 있는 실정이다.

특히 최근 낚시를 위해 모터보트나 레저 모터 패러글라이딩도 출현했다. 호사비오리에겐 끔찍한 소식일 수밖에 없다. 먹이터의 평화가 순식간에 깨졌다. 호사비오리는 삼삼오오 도망가기 바쁘다. 이에 반해 매년 영산강에 낚시하기 위해 모이는 수는 늘고 있다. 호사비오리가 안정을 취하기 점점 어려워지고 있다.

2012. 7. 28. nikon D700×600mm F4.5/영산강 지석천

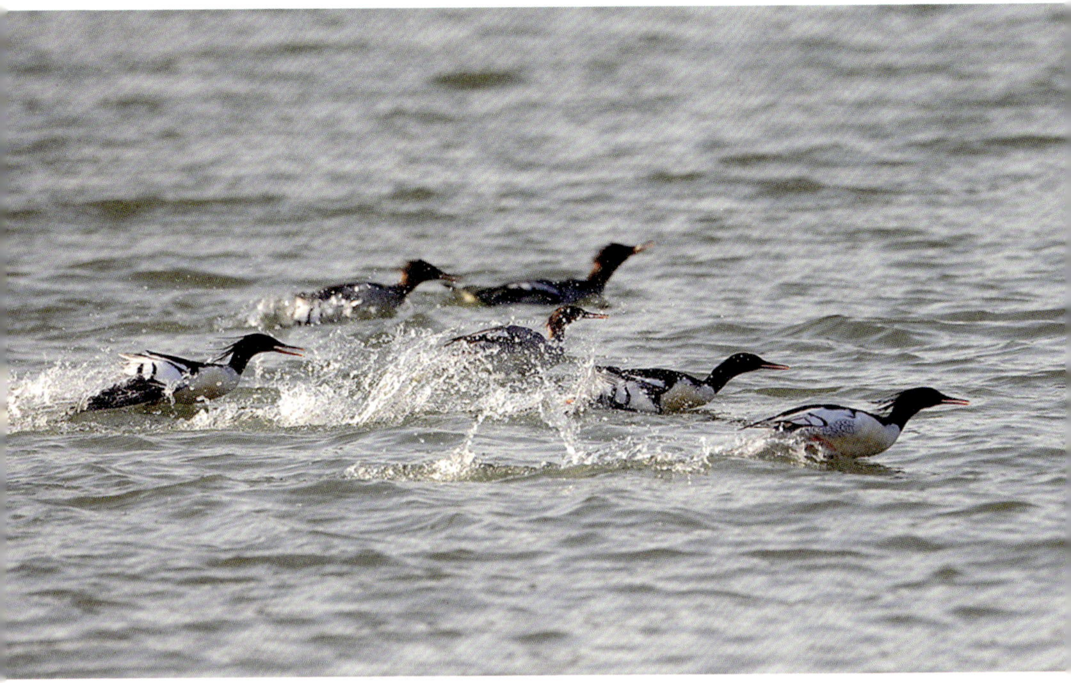

2013. 3. 6. nikon D700×600mm F4/영산강 지석천

세계적인 멸종 위기종인 호사비오리를 중국이나 북한의 경우 보호구역을 설정하는 등 관리해 주고 있다. 우리나라는 거꾸로 가는 듯해서 보는 이들을 더 답답하게 한다. 언제 이들이 평화스럽게 먹이 활동도 하면서 월동해서 떠나가는 모습을 볼 수 있을지, 매년 겨울이면 이들 걱정이 앞선다.

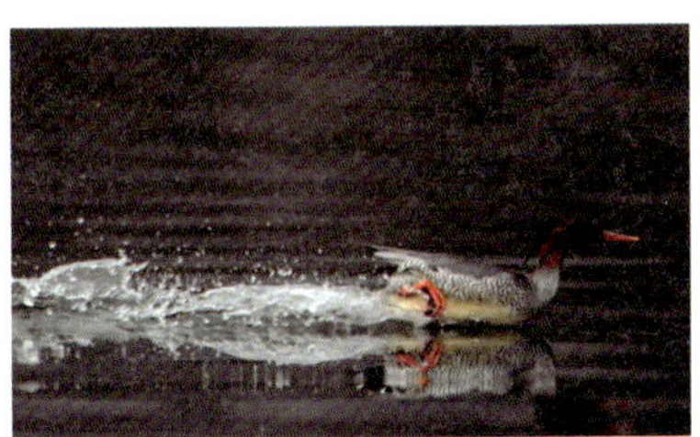

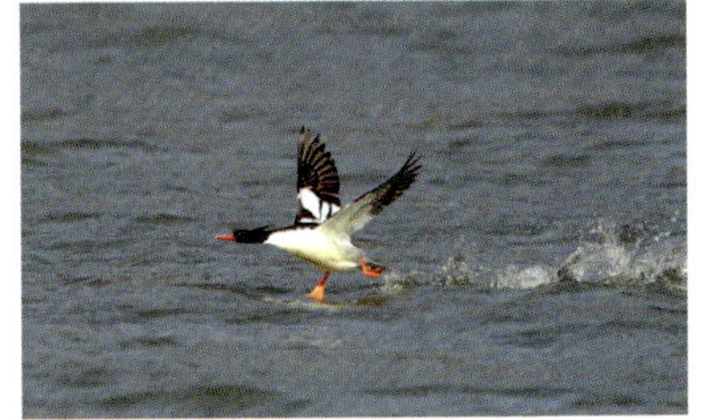

호사비오리 암컷 7마리가 어디론가 부산스럽게 날아간다. 아마도 주변
에 낚시꾼이든지 승마하는 사람들 또는 패러글라이딩 하는 사람이 지나
갔으리라 짐작이 된다. 암수 같이 어우러져 먹이 활동을 하다가 어느 순
간에 수컷들이 잘 안보이기도 한다. 이들 습성인지는 모르지만 평화스
럽게 휴식도 취하고 먹이 활동도 잘하다가 건강하게 고향으로 돌아가기
를 빌어 본다.

2012. 2. 19. nikon D700×600mm F4/영산강 지석천

목욕하는 **팔색조를** 만나다

"팔색조는 '숲의 요정'이라 불립니다. 학명과 영명 모두에 요정을 뜻하는 'nympha'와 'fairy'가 들어가기에 붙여진 별명일 것입니다. 팔색조는 여덟 가지 색을 지닌 새를 의미합니다. 색깔을 어떻게 세분하느냐에 따라 다르 겠지만 실제는 그보다 색이 더 많아 보이기도 하고 어찌 보면 또 적어 보이 기도 합니다. 숫자 8은 분명 여덟을 뜻합니다. 하지만 숫자 8에 '여러 가지' 라는 뜻도 있으니 굳이 팔색조가 여덟 가지 색인지를 따질 필요는 없겠습 니다. 팔방미인의 팔방(八方)이 꼭 여덟 가지 방향을 뜻하는 것이 아닌 것 처럼 말입니다. 게다가 팔색조의 영어 속칭은 일곱 빛깔의 새(seven-colored bird)입니다. 몸길이는 약 18센티미터입니다."

– 김성호, '숲 요정 팔색조 목욕, 잠복 7일 만에 찰칵' 칼럼에서 발췌

천연기념물 204호이자 국제 멸종 위기종으로 세계적으로도 각별히 보호 받고 있는 팔색조의 애칭은 '숲 속 요정'이다. 보는 순간 충분히 그럴 만하 다 싶었다. 누구든지 첫 만남은 소중 하다. 팔색조도 그랬다. 첫 만남을 가 진 후부턴 순조로운 밀회 중이다. 만 나러 가는 날은 한두 번은 꼭 보고 왔 으니 말이다.

이 녀석은 사람들에게 호락호락 얼굴 을 보여 주지는 않는다. 인적이 거의 없는 깊은 계곡 응달진 곳에서 새끼를

키우고 먹이 활동을 하기 때문에 사람들과 마주칠 일도 없거니와, 경계심도 심하여 어느 정도 안정화가 되어 있어야 사진을 찍을 수 있다. 까칠의 극치를 달리는 녀석이다.

올해, 이 녀석이 팔색조가 아니었다면 생각도 못했을 노력을 기울였다. 산모기들의 축제장에서 장장 2주일을 기다렸다. 정확히 말하면 주말이다. 직장인인 관계로 내 시간은 주말 이틀, 총 4일을 기다린 셈이다. 시간으로 따지면 대략 30시간. 30시간이 뭐 대수냐 하는 사람도 많을 것이다. 누군가를 애타게 기다려 본 적이 있는 사람은 알 거다. 10분이 하루 같은 기다림이 있다는 것을.

위장막을 쳐둔 곳이 그리 깊은 산속은 아니었다. 그저 조그마한 옹달샘을 발견하자 산새들이나 찍을 요량으로 위장 텐트를 쳐두고 관찰하다 팔색조를 발견했다. 이 옹달샘은 운 좋게도 직

여덟 가지 색으로 아름답게 치장했다고 해서 팔색조라 불린다. 숲속의 요정이라는 애칭도 갖고 있으며, 비록 숲속 가지에 앉아 있어도 결코 그 아름다움이나 신비로움이 감춰지질 않는다. 조용한 산중에서 크르렁 크르렁 울어 대는 이들의 짝을 찾는 울음소리는 다른 온갖 산새들의 지저귀는 소리를 한 번에 잠재울 만큼 크다.

2014. 6. 14. nikon D700×600mm F4/무등산

박구리, 오목눈이, 박새, 곤줄박이, 어치, 흰배지빠귀, 호랑지빠귀들의 전용 목욕탕이었다. 산새들이 하루에도 몇 번씩 오르락내리락하면서 목욕을 하고 가는데, 그 모습을 훔쳐보며 사진을 찍는 재미가 쏠쏠했다.

그러던 어느 주말에 팔색조가 나타났다. 아니 왕림했다. 이 귀한 녀석이 주변 죽은 나뭇가지를 이리저리 날아다니며 염탐하는 모습을 본 우리는 숨을 죽이며 애타게 목욕탕 입성을 기다려야 했다. 이윽고 두어 나뭇가지에 앉아 주변을 정찰하다가 안심이 되었는지 옹달샘 목욕탕으로 입성했다. 이 순간 희열이란! 넘치는 행복감이 찾아왔다.

팔색조가 목욕하는 걸 찍은 사진을 본 적이 없었다. 팔색조를 찍을 때 대부분은 둥지를 탐조하여 그 주변에 위장 텐트를 친다. 그래서인지 지렁이를 가

2014. 7. 20. nikon D700×600mm F4/무등산

득 물고 둥지에 들어가는 사진이 대부분이다. 우리 팀처럼 옹달샘에서 목욕하길 바라는 건 팔색조 우는 소리만 듣고 하염없이 감 떨어지기만 기다리는 꼴과 매한가지였다. 그러나 그 우연을 만나는 행운이 온 것이다.

팔색조 찍으러 갈 때는 점심도 없다. 위장 캠프에서 김밥 한 줄이면 족하다. 어떤 주말에는 삶은 감자 3개로 점심을 때운 적도 있다. 그래도 자주 와주면 고맙다.

올 여름을 즐겁게 해주던 팔색조가 떠날 때는 귀신도 모를 것이다. 어느 주말과 마찬가지로 위장 캠프에서 죽치고 있는데도 하루 종일 그림자도 안 보일 때가 있다. 카랑카랑 하는 울음소리 한 번도 못 듣는 이런 날이 보름 이상이면 조금 더 따뜻한 나라로 떠났다고 봐야 한다. 기다림으로 얻은 만

2014. 7. 20. nikon D700×600mm F4/무등산

남이라 떠나는 것도 기약이 없다.
하기야 인간 세상도 마찬가지 아닌가.
만남은 이별을 전제로 한다 하지 않던
가. 아마도 이 더위가 극성을 떨칠 어
느 날 육추(育雛)에 성공했다면 새끼
들을 데리고 먼 나라로 떠났을 것이다.
내년에 또다시 오겠지 이런 기대감을
안고 다음해에 그 자리를 갔으나 아직
까지는 반가운 해후를 하질 못했다.

팔색조의 애칭은 '숲 속 요정'이다. 보는 순간 충분히 그럴 만하다 싶었
다. 누구든지 첫 만남은 소중하다. 팔색조도 그랬다. 첫 만남을 가진 후
부턴 순조로운 밀회 중이다. 만나러 가는 날은 한두 번은 꼭 보고 왔으
니 말이다.

2014. 7. 20. nikon D700×600mm F4/무등산

27

2014. 7. 13. nikon D700×600mm F4/무등산

팔색조가 목욕탕으로 진입하기 바로 직전에 나의 아름다움을 마음껏 감상하라는 듯 멋진 포즈를
취해 준다. 새들은 생존을 위해 가장 필요한 날개와 부리를 청결하기 위해 신경을 많이 쓴다. 하루
에도 네댓 번 이상을 이 옹달샘으로 목욕하러 오는 걸 관찰하기도 했다.

두루미
연정

두루미는 정수리 부분이 붉다고 해서 단정(丹頂)학이라고도 불린다. 현재 강원도 철원과 연천의 한탄강 유역, 강화도 갯벌을 기반으로 수십 마리만 월동하고 있다. 그런 연유로 천연기념물 202호로 지정되어 보호받고 있다. 학은 우리나라에서 역사적으로도 귀한 대접을 받고 있다. 흔히 신선이 타고 다니는 새로 알려져 있으며 천년을 장수하는 영물로 인식되어 있다. 그래서인지 우리에게 매우 친숙한 새다. 사극을 보면 조선 시대 양반들이 입던 도포에도 날개를 활짝 편 학 두 마리가 보인다. 민화나 자기 공예품에도

학은 출연 빈도가 높다. 아마 우리 조
상들이 선망의 대상으로 보는, 절친한
관계가 아닌가 싶다.

생태 사진을 하면서도 매년 마음먹은
대로 출사를 못하고 다음 해를 기약하
곤 했다. 남쪽 끝에 사는 사람에게는
제일 꼭대기라고 해도 틀린 표현이 아
닐 정도로 먼 거리에 가야 두루미를
볼 수 있기 때문이었다. 목포에서 450
킬로미터쯤으로, 휴게소를 들르지 않
고 주구장창 달려도 6시간 반이 걸린
다. 그런데 그 가운데 서울이라는 블
랙홀이 딱 자리를 잡고 있다. 이곳 때
문에 정확한 시간대를 가늠하기도 어

렵다.

아마도 이런 핑계로 두루미 사진은 찍
고 싶은데 몸은 안 따라준 듯하다. 이
번엔 용케도 서울 출장이 금요일에 잡
혔다. 일단은 블랙홀인 서울에서 출발
하니 조금 더 접근이 쉬울 듯하여 장

2014. 12. 20. nikon D700×600mm F4/절원군 한탄강

두루미와 재두루미가 막 기상하여 먹이터로 날아간다. 한겨울에도 강여울에 한쪽 다리만을 의지하여 쪽잠을 청한다. 몸을 지탱하고 있던 다리가 얼만 하면 품속에 넣어 두었던 다리로 교대하여 추위를 버티며 천적들을 피해 힘들게 겨울을 난다.
내가 갔던 날 아침 한탄강에 물안개가 피어오르고 물안개 속을 뚫고 비상하는 두루미들 광경은 천상의 무릉도원을 보는 듯한 희열을 느끼게 했다.

2013. 12. 13. nikon D700×600mm F5.6/철원군 한탄강

비를 챙겨 들고 출장길에 올랐다. 철원군 양지 마을 철새 보는 집에 민박도 신청해 두었다.

그런데 막상 철원군에 접어들자 '나도 참 무모한 도전을 했구나' 싶었다. 양지리에 가면 두루미들이나 재두루미들을 이곳저곳에서 볼 수 있으리라 생각했는데 보이는 건 군부대의 시설물들뿐. 또 가는 날이 장날이라고, 눈까지 소복이 쌓여서 양지리 들판은 그야말로 다른 나라 같았다. 두루미들이 자주 가는 곳이나 찍을 수 있는 장소 등 정보를 상세히 좀 알아서 갈 걸 하는 후회도 밀려왔다. 그러나 어쩌랴! 이미 철원에 와 있는 것을.

철새 보는 집에 들러서 자초지종을 말했더니 인심 좋은 주인아주머니께서 말로 위로해 주신다. 밖에는 하얀 눈이 펑펑 내리고 있었다. 내 승용차로 이런 눈길을 헤치고 무사히 사진 찍는 컨테이너 관찰소까지 갈 수 있을는지 걱정이 들었다. 그러나 열정은 위험한 도전을 뛰어넘는 힘을 주었다. 덕분에 생전 처음으로 두루미를 대면했는데, 그 우아함이란! 사진 속에서 보던 모

2014. 12. 20. nikon D700×600mm F5.6/철원군 한탄강

두루미는 신선이 타고 다니는 새로 알려져 있으며 천년을 장수하는 영물
로 인식되어 있다. 그래서인지 우리에게 매우 친숙한 새다. 햇살이 피어오
르는 이른 아침부터 부지런히 날아가는 두루미 떼.

2015. 1. 21. nikon D700×600mm F4.5/철원군 양지리

재두루미 수십 마리와 두루미 10여 마리가 사이좋게 한탄강 여울에서
잠자리를 마련했다. 재두루미들은 전부 기상했고 늦잠꾸러기 두루미 세
마리는 아직도 고개를 들지 못하고 꿈나라의 미련이 남아 있는 듯싶다.

2013. 12. 13. nikon D700×600mm F5.6/철원군 한탄강

2014. 12. 20. nikon D700×600mm F5.6/철원군 한탄강

2014. 12. 20. nikon D700×600mm F5.6/철원군 한탄강

습 이상이었다. 어떤 분은 평생 두루미 사진만 찍었다던데, 과연 그럴 수 있겠다 싶었다.

우리나라에는 두루미 외에도 흑두루미와 재두루미가 월동을 한다. 흑두루미는 다행스럽게도 우리 고장 순천만에 500마리 이상이 찾아오고 있는지라 그나마 쉽게 만날 수 있다. 재두루미도 몇 마리씩 끼어서 지내곤 한다. 그러나 두루미만큼은 남쪽으로 내려오질 않는다. 전 세계적으로도 그 개체 수가 적어서 관리 보호도 받고 있다.

올해는 그나마 서울에 있어서 주말에 손쉽게 두루미를 만날 것 같다. 하얀 눈밭에서 본 순백의 아름다움과 우아함. 이 흐트러짐 없는 진정한 고고함의 대명사 두루미를 만날 생각에 벌써부터 설렌다. 설렘도 병인 듯하다. 막연한 상사병은 아니겠지.

물총새와
사랑을

물총새는 하천이나 얕은 물에서 물고기를 잡아먹고 사는 여름 철새다. 남쪽의 따뜻한 나라에서 겨울을 나고 봄부터 우리나라에 와서 새끼를 키우며 지내다가, 삭풍이 불고 추워지면 약속이나 한 듯 안 보이는 철새다. 물새 중에서는 사냥술이 좋아서 물고기의 움직임을 포착하면 물고기들이 눈치챌 여유도 없이 채간다.

최근에 우리나라에 무지막지하게 피해를 준 15호 태풍 볼라벤, 채 정신 차리기도 전에 강습해서 역공격을 한 14호 태풍 덴빈에 위장 캠프가 두 차례나 무너졌다. 오늘 이곳을 다시 찾았

2011. 9. 9. nikon D700×600mm F4.5/담양 생태천

44

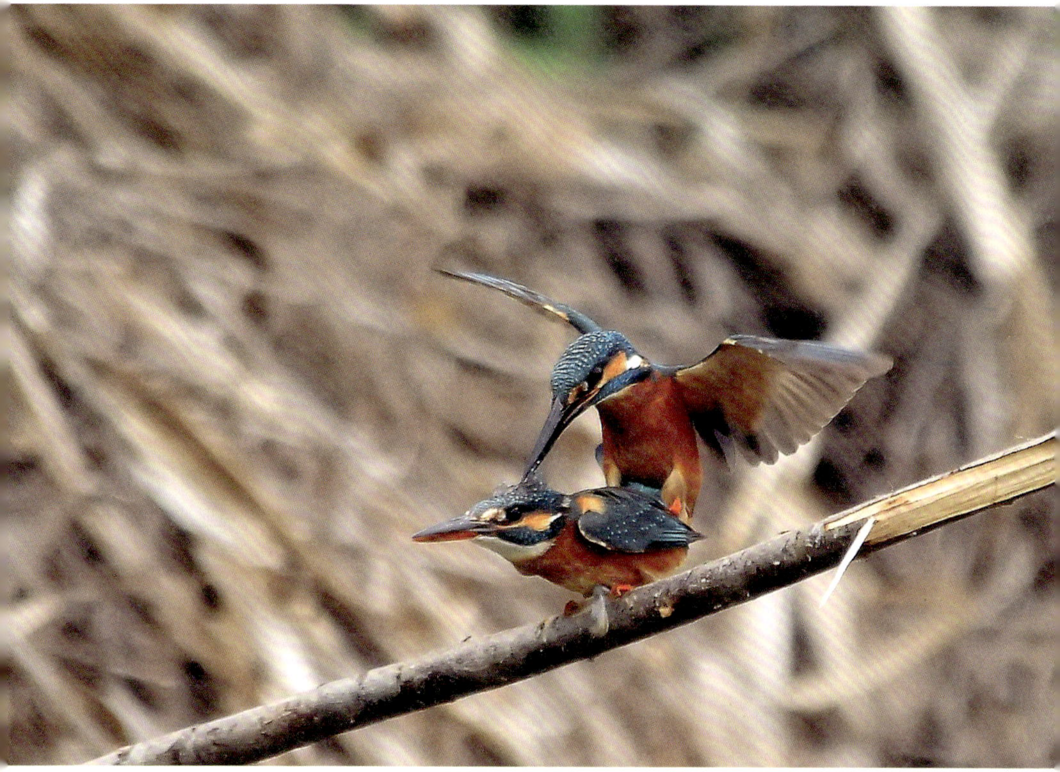

2014. 12. 7. nikon D700×600mm F4.5/담양 생태천

물새 중에서는 사냥술이 좋아서 물고기의 움직임을 포착하면 물고기들이 눈치챌 여유도 없이 채간다.

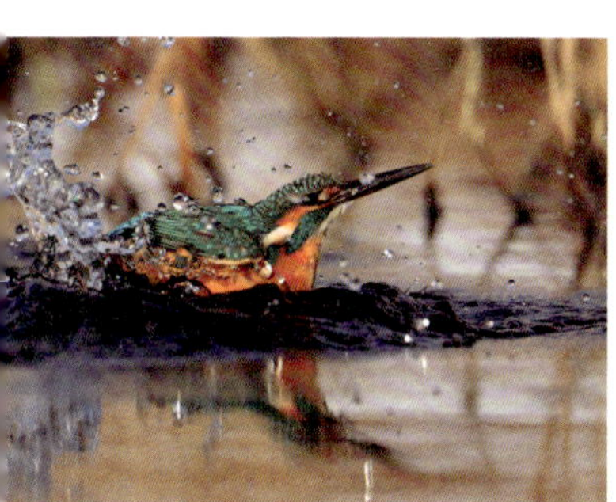

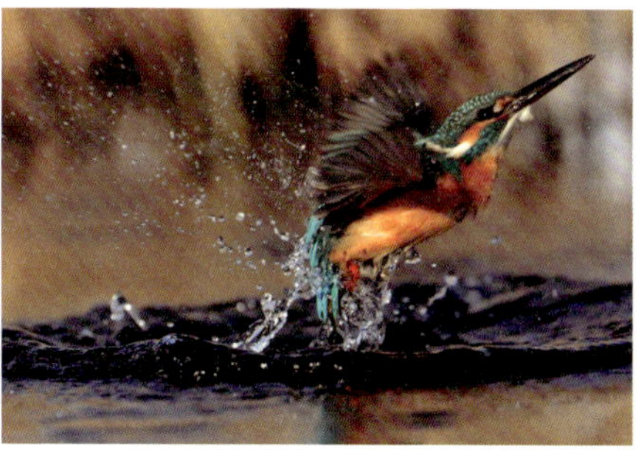

유채꽃 핀 담양천 변에서 만난 물총새 한 마리가 사냥을 시도했는지 아니면 목욕 중인지 모르지만 물속을 박차고 나가는 순간은 튀겨 나가는 물방울마저도 아름답다. 2,000분의 1초로 찍힌 사진이지만 물총새는 눈 깜짝할 사이에 물속에서 물고기를 잡아 나올 정도로 빠르다.

2010. 5. 8. nikon D300×600mm F4.5/담양 생태천

2012. 9. 16. nikon D700×300mm F5.6/담양 생태천

오늘은 생경한 철사 줄에 앉아 있다. 비록 배경이나 주변 모습이 재미없지만 그래도 철사에 앉은
모습을 담으려는 찰나, 안정감이 없나 보다. 중심을 잡으려고 발버둥을 치는 모습이 여간 웃음을
짓게 하는 게 아니다.

는데, 내일부터 반갑지 않은 태풍이
또 올라온단다. 제16호 태풍 산바라
한다.
이번 태풍에 대비하기 위해서 양쪽 대
나무 기둥에 철사까지 늘어뜨려 단단
히 고정시켜 두었다. 올해 태어난 물
총새 암컷이 남쪽 나라로 가기 전에
부지런히 먹어 두려는 건지, 내일 태

풍이 온다는데도 여전히 위장막 앞에
서 먹이 활동에 여념이 없다. 오늘은
생경한 철사 줄에 앉아 있다. 비록 배
경이나 주변 모습이 재미없지만 그래
도 철사에 앉은 모습을 담으려는 찰
나, 안정감이 없나 보다. 중심을 잡으
려고 발버둥을 치는 모습이 여간 웃음
을 짓게 하는 게 아니다.

2014. 12. 6. nikon D700×600mm F4.5/담양 생태천

물총새는 얼마나 놀랐겠는가? 생태 사진 하는 사람들은 흔히 "너의 실수는 나의 행복이고 덕분에 작품이 생생해진다"는 우스갯소리를 하고는 한다. 오늘 물총새의 철사 줄에서의 곡예는 이런 놀부 마음을 흡족시키기에 충분했다. 겨우 착지는 했지만 엉거주춤 뒤뚱거리며 걷는 폼도 우습다. 물총새는 걷기를 잘하지 않기에 앉는 데만 발달해 있지, 걷는 데는 익숙하지 않다. 하지만 이런 모습 보는 것도 흔치가 않다.

내일 태풍이 몰려 오더라도 오늘 한순간이나마 웃음을 준 물총새가 고맙다. 곡예사의 첫사랑이라도 불러야 하나.

2014. 12. 13. nikon D700×600mm F4.5/담양 생태천

50

물총새는 내가 보기 싫었던 것인지 멀찍이 앉아서 일광욕을 즐기고 있다. 물총새는 여름 철새로 찬바람이 불기 시작하는 가을 초입이면 동남아의 남쪽 나라로 날아가 버린다. 온난화 영향인지 우리나라 남쪽 지방에서는 흰눈 내리는 한겨울에도 만날 수 있는 텃새화가 되어 버린 녀석도 꽤 있다.

2010. 5. 8. nikon D300×600mm F4/담양 생태천

2014. 8. 16. nikon D700×600mm F4.5/담양 생태천

2012. 8. 12. nikon D700×600mm F5.6/담양 생태천

2012. 8. 12. nikon D700×420mm F5.6/담양 생태천

한 지붕
세 가족을
아시나요

집에서 5분여 거리에 있는 은사시나무 둥지 이야기다. 어찌 보면 흔한 은사시나무 두세 그루 있을 뿐인데 나에게는 그래도 특별하다.

새 사진을 찍으러 나갈 때 습관적으로 뻥뻥 뚫린 포장도로를 선호하는 편은 아니다. 그런 좋은 길은 목적지까지 빨리 갈 수는 있지만 아름다운 자연을 만끽하기 어렵거니와 여유 있는 척하기도 전에 가버리면 심심하기 그지없다는 이유여서다. 출사 나가는 게 목적이지만 라디오를 크게 틀어 두고 노래 가사를 흥얼거리기도 하면서 노오란 들판에 억새들 흐느끼는 그 가냘픈 외침을 듣는 재미가 쏠쏠하다. 은근히 아름다움을 뽐내는 도로변 코스모스 모델 경연 대회도 볼 수 있다. 그러다가 황조롱이라도 만나면 카메라를 내

밀 수도 있기 때문에 비포장도로, 먼지 날리는 시골길을 선호하게 되었다. 흙먼지 날리는 시골길 초입에 은사시 군락이 있다. 우연인지 필연인지 모르겠지만 어느 날 조그마한 둥지로 큰오색딱따구리가 들어가는 걸 보았다. 그래서인지 더 기대감을 갖고 유심히 그 둥지를 바라보면서 지나가는 게 일상화되었다. 그러나 너무 기대가 커서였는지 첫 해는 조용히 지나갔다. 간혹

오색딱따구리를 보긴 했으나 무던히 무심코 지나쳤다. 그 흔한 둥지도 안 틀며 그 해를 보냈던 것 같다.

이듬해에 큰오색딱따구리만 이 둥지를 넘겨본 걸로 알았는데 청딱따구리 부부가 이 둥지를 보수하는 걸 보았다. 청딱따구리 부부를 구별하는 건 참 쉽다. 정수리 부분에 빨간 띠가 보이면 수컷, 안 보이면 암컷이다. 두 마리가 이 둥지를 교대로 들락거린다는 건 둥지를 틀거나 다른 새들이 사용한 둥지를 보수해서 자기 둥지로 사용하겠다는 의미다. 자연스레 큰오색딱따구리에서 청딱따구리까지 사진으로 담을 수 있다는 기대가 생겼다.

그러나 기대치가 큰 만큼 실망도 큰 법. 청딱따구리 부부는 결국 정성 들여 만든 둥지를 포기했다. 포란기와 육추기가 지나도록 이 둥지에서 더 이상 청딱따구리를 보질 못했다면 다른 곳에 둥지를 틀었다는 반증이니까. 주변에 자주 보인 어치와 물까치 때문에 둥지를 포기한 듯했다. 아마도 이들 텃새에 다른 곳에 둥지를 틀었으리라.

그렇게 또 한 해가 지나갔다. 그래도 여전히 자주 가는 시골길 초입은 곶감 감춰 둔 다락방처럼 늘 눈길이 갔다. 딱따구리들이 보이는지 여부는 이제 중요

큰오색딱따구리
2015. 4. 26. nikon D4s×600mm F4.5/광주 일곡

2015. 5. 18. nikon D700×600mm F4.5/광주 일곡

56

청딱따구리

2014. 4. 19. nikon D700×600mm F4.5/광주 일곡

2014. 1. 13. nikon D4s×600mm F4.5/광주 일곡

하지 않다. 이미 습관성으로 늘 한 번씩 힐끔거리고 지나가는 곳이 되었다.

그러던 어느 날, 무심히 지나치려는데 주먹만 한 둥지가 막혀 있다는 느낌이 들었다. 차를 세우고 유심히 보니 분명히 둥지가 막혔다. 이런 경우도 있나 싶어서 쌍안경 대신 긴 망원렌즈를 장착하여 그곳을 클로즈업하고 사진 한 장을 찍어 확대해 보니 글쎄, 하늘다람쥐의 큰 눈망울이 보인다. 횡재다. 비록 로또는 아니지만 이런 곳에서 하늘다람쥐를 만나다니! 더욱 산중 깊은 곳도 아니고, 우리 지역이 강원도도 아니

고, 남쪽 중 남쪽이고 평야 지대만 많은 들판 중심의 동네인데. 아무리 생각해도 이건 행운인 중대 사건이었다. 그래서 고도로 집중하면서 이 둥지 앞에서 몇 주간 기다렸다. 하늘다람쥐가 야행성이라고 해도 기다리다 보면 낮에 한 번은 나와 주겠지 싶은 기대감이다. 과연, 기다림에 지쳐 있을 무렵 새끼들이 살짝 바깥세상을 구경하는 거다. 이 흥분을 어찌 글로 표현하랴! 카메라 셔터를 누르는데 떨림이 심장까지 멎게 하는 듯한, 그런 감격이었다.

58

하늘의
무법자
흰꼬리수리

하늘의 무법자는 새인데도 새를 잡아 먹고 사는 맹금류가 있다. 새매나 참매, 황조롱이, 말똥가리 등이 그러한데, 이들 중에서 겨울철에만 우리나라를 찾아오는 흰꼬리수리는 단연 손에 꼽힌다. 몸집은 보통 새매보다 두어 배는 크고, 더 카리스마 넘치며, 더 힘차게 보인다. 그러나 주 먹잇감은 살아 있는 새보다 물고기나 동물 사체다. 잡식성에 가깝다.

내가 사는 남쪽에서는 흰꼬리수리를 만나기 어렵다. 주남 저수지 정도에 한두 마리가 겨울을 난다고 들었다. 흰꼬리수리가 주로 관찰되는 지역은 강원도나 한강 변이다. 남쪽에 있었다면 원정이라도 갈 판인데 마침 근무지를 서울로 옮겨서 한 해를 머물러야 하는 처지에 놓였다. 그래서 주말을 맞아서 강원도 철원이나 고성으로 흰꼬리수리 만나러 여행을 떠났다.

철원군 갈말읍 문혜리는 생태 사진 하는 사람이라면 적어도 한번은 다녀왔다고 할 정도로 국민 포인트로 자리 잡았다. 언제부터 흰꼬리수리들이 왔는지는 모르겠으나 한겨울이면 흰꼬리수리 몇 마리가 독수리들과 더불어 먹이 쟁탈전을 벌인다. 덕분에 대포 렌즈를 든 생태 사진가 몇 십 명이 이곳에서 정신없이 셔터를 눌러 대는데, 그 소리가 마치 기관총을 쏘는 소리처럼 들리기까지 하다. 지나가는 관광객들도 무슨 사건이나 생겼나 싶어 지나가다가 구경하기도 한다.

나도 이 명소에서 근접한 흰꼬리수리 사진을 찍을 수 있었다. 그러나 어찌 보면 사진 찍는 분들이 한우 부산물을

뿌려서 이를 먹기 위해 달려드는 녀석
들이라 야생성을 상실했다고 봐야겠다.
몇 년씩 들판이나 산으로 탐조를 하며
새 사진을 찍다 보니 이제는 이렇게 사
람들이 뿌려주는 먹잇감을 찾아오는 흰
꼬리수리가 식상해졌다.

그래서 조금 더 자연산에 가까운 흰꼬
리수리를 찍어 보겠다고 강릉 쪽으로
방향을 선회했다. 그러나 정확한 포인
트를 모르고 달려드는 초년병 같은 아
마추어 사진사에게 흰꼬리수리는 그리
호락호락한 녀석이 아니었다. 하루 동
안 찾아 헤매다가 결국 포기를 하고 말
았다.

그다음 날, 강릉에서의 흰꼬리수리는
포기하고 고성으로 더 깊이 방향을 틀
었다. 절실함은 결국 통하는가 보다. 우
연히 차로 씽 지나가는 도로변 옆 큰 저
수지 얼음판에서 흰꼬리수리 다섯 마리
를 발견했다.

60

담양 생태천 10여 킬로미터로 뚝방길 탐조 중 발견한 흰꼬리수리다. 몇 년째 이 길을 다녔지만 흰꼬리수리가 이곳에 올 만한 곳도 못되는 폭 좁은 지천이기 때문이다. 강원도 큰 호수 정도에서나 볼 겨울 철새 흰꼬리수리의 만남은 기쁨을 넘어서는 신선한 재미를 주어서 반가웠다.

2012. 2. 4. nikon D700×600mm F4.5/담양 생태천

이 얼마나 반갑던지! 흰꼬리수리들에게 고마운 마음까지 들었다. 이곳에서 기다리다 찍다가를 반복했다. 움직임이 있을 때마다 셔터를 눌러 댔다. 비록 다른 분들의 작품과는 비교할 수 없겠지만 먼 거리를 달려와서 추억 남기기 정도의 기념사진이라도 마음껏 찍을 수 있었다.

담양천에서 흰꼬리수리 한 마리도 만났다. 정말이지, 위대한 발견인 양 반가웠다. 물총새를 찍으러 가는 길에 우연히 마주한 흰꼬리수리는 동네에서 놀던 꼬맹이들과 비교가 안 될 정도로 덩치가 큰 골목대장이라고나 할까? 강

2015. 2. 14. nikon D7100×600mm F5.6/강원 강릉

원도의 널따란 저수지에서 보다가 조그마한 지천에서 만나니 카리스마 넘치는 흰꼬리수리의 위용 있는 자태를 제대로 본 것 같았다. 단지 아쉬움이 있다면 조폭 수준 까치들의 협공에 맥없이 쫓겨나는 수리의 안쓰러움도 함께 보았다. 그렇게 남쪽 지방에서의 귀한 흰꼬리수리와 이별을 했고 그 후로 아직까지 다시 만나지는 못했다.

이 담양천 뚝방을 지날 때면 혹시나 하는 기대감으로 탐조를 해보지만 아직까지는 역시나인 것 같다. 이 간절함이 또 다른 희망을 맛보게 해주겠지 하며, 기대치는 늘 그렇게 높아만 간다.

겨울 철새 무리에 흰꼬리수리도
덩달아 북 시베리아나 몽골의 혹
독한 추위를 피해 우리나라를 찾
는다. 수리류는 많다. 독수리도
그중 하나다. 그러나 이들 개체
수는 그리 많지가 않아 쉽게 만나
기가 어렵다. 발톱이나 부리를 보
면 수리의 카리스마가 넘쳐나 보
인다.

2014. 12. 20. nikon D700×600mm F5.6/철원 문혜리

흰꼬리수리는 독수리에 비하여 영악하기 그지없다. 철원의 민통선한우촌
에서 나오는 부산물을 먹기 위해 독수리 떼가 찾아왔고, 이들의 먹이를
빼앗아 먹기 위해 소수의 흰꼬리수리들도 그곳을 찾는다. 그런데 까마귀
는 더 극성스럽다. 흰꼬리수리가 독수리 먹이를 탈취해 오면 그걸 빼앗기
위해 까마귀들은 단체로 몰려든다.

2014. 12. 20. nikon D700×600mm F5.6/철원 문혜리

숨겨진 비경
강진만
큰고니

전라남도 권역에서 겨울 철새의 도래지로 꼽으라면 나는 주저 않고 순천만의 흑두루미와 강진만의 큰고니를 꼽는다. 두 곳 다 1,000여 개체 이상이 찾아와 주고 두루미나 큰고니는 겨울 철새 중 진객으로 치기 때문이다.

순천만이나 강진만은 공통점이 많다. 두 곳 모두 천혜의 갯벌 지형이고 갈대밭이 일품이다. 순천만 갈대야 익히 전국적인 명소로 알려져 있지만, 강진만도 순천만에 못지않게 대규모의 갈대밭이 강 주변을 뒤덮고 있다. 대규모 군단으로 먹이 활동이나 쉴 곳을 찾다 보면 갈대밭이 은신처 역할을 톡톡히 해주고 있다. 강진만에 가서 큰고니가 어디쯤 있을까 찾을 필요도 없다. 큰고니들이 의사소통하는 울음소리는 지척에 광고할 정도로 크게 들린

다. 조용히 목을 큰 덩치 몸에 파묻고 쉬거나 자맥질 하듯 머리를 파묻고 갈대 뿌리나 수생식물의 뿌리를 찾아 먹거나 유유히 헤엄쳐 다니며 시간을 보내는 큰고니들은 그야말로 평화 지대 그 자체이다.

내가 사진을 찍는다고 차에서 내려 카메라를 거치할 때까지 날아가지도 않는다. 조금 더 거리를 두면서 유유히 나와 멀어지면 그만이다. 덩치가 있는 만큼 한 사람 정도야 무시하겠다는 오만함이 깃들어 있다.

우리나라를 찾아오는 고니는 대부분 큰 편에 속한다. 큰고니는 백조라고도 불리는데, 개인적으로도 백조라는 이름이 훨씬 정감도 가고 아름답게 느껴진다. 하지만 학명상 큰고니라고 분류되어 있으니 그리 불러야겠지.

큰고니가 날아갈 때는 정말 환상적이다. 꼭 비행기가 이륙하고 다시 내려앉을 때 렌딩 기어를 내리고 활주로를 내려오듯, 두 다리를 앞으로 쭈욱 내밀어 속도를 줄이면서 내려앉는다. 동작이 커서 그런지 이들이 도약이나 비행 그리고 내려앉을 때면 아름답게 보인다. 날아오를 때 날갯짓 소리는 가히 어떤 새들이 이 정도로 낼 수 있을까 싶을 정도로 크다. 땡볕이 이글거리는 한여름 날에 큰고니들의 날갯짓 소리가 그립다.

순천만은 순천만대로 강진만은 강진만대로 갈대숲에 멋이 있다. 강진읍에서 백련사 초입까지 갈대 길로 자전거를 타고 지나가면 은근한 매력덩어리

해질녘이 되면 강진만의 뻘 밭은 평화가 찾아온다. 뭍노 갯벌노 황금빛으로 물들어 갈 스음에
갈 길 바쁜 왜가리는 날고 큰고니들은 잠자리를 들기 위해 가족을 모은다. 잠시 후 강진만은
잠이 든다.

2011. 11. 27. nikon D300×300mm F5.6/강진만

물이 빠지자 드러난 갯벌에서 자리를 옮기는 큰고니 가족. 쑥쑥 빠져 들어가는 뻘이 못마땅한지 뒤
뚱거리며 빠져나오는 모습은 우스꽝스럽기 짝이 없다. 갯벌에서 휴식을 취했는지 지저분한 차림으
로 힘겹게 물을 향해 걸어 나온다.

2012. 11. 16. nikon D300×300mm F5.6/강진만

의 생태가 보일 것이다. 운 좋은 날은
노랑부리저어새가 부산스럽게 주걱
턱을 움직이며 먹이 사냥 하는 장면을
마주할 수 있고, 백조 가족이 몸을 잔
뜩 웅그린 채 강변 갯벌에서 휴식을
취하는 장면도 만날 수 있다. 비오리
를 비롯한 오리류며 다양한 도요 떼까
지 강진만은 숨겨진 비경을 안고 조용
히 숨 쉬고 있다.

2012. 11. 16. nikon D300×300mm F5.6/강진만

2015. 2. 22. nikon D700×600mm F4.5/강진만

2013. 12. 31. nikon D700×600mm F4.5/영암호

동작이 커서 그런지 이들이 도약이나 비행 그리고 내
려앉을 때면 아름답게 보인다. 날아오를 때 날갯짓 소
리는 가히 어떤 새들이 이 정도로 낼 수 있을까 싶을
정도로 크다. 땡볕이 이글거리는 한여름 날에 큰고니
들의 날갯짓 소리가 그립다.

태양을 안고 가는
천수만의
흑두루미

흑두루미는 두루미 종 중 제법 개체 수가 많다. 우리나라 순천만에 1,000개체 정도가 월동하다 돌아가는데 그 탓인지 단정학이나 재두루미에 비하여 더 친숙하게 와 닿는다. 순천시는 생태 도시를 표방하며 흑두루미들을 잘 살펴 주고 있다. 그 덕분인지 매년 개체 수가 증가하고 있다. 물론 지금도 흑두루미 대부분은 일본 이즈미 시에서 월동하다가 시베리아로 돌아가고 있다. 동토에서 한겨울을 피난하여 내려오는 중간 기착지는 천수만이라는 천혜의 간척지다. 대규모의 흑두루미는 이곳에서 월동하기에 만날 행운이 수시로 주어진다. 이 중 어느 정도는 순천만으로 향하고 나머지는 낙동강을 거쳐서 일본을 향한다. 또 날이 풀리는

초봄에는 역순으로 시베리아로 돌아가서 2세를 키우며 번식을 하고 대부분을 그곳에서 산다.

최근에는 낙동강 살리기 일환으로 모래톱을 파헤치고 하상 정비를 하는 바람에 이들이 쉴 곳을 찾지 못하고 멀리 남해안으로 돌아서 일본으로 들어가고, 또 돌아올 때도 제주도 해역을 따라 천수만에 중간 기착하는 것으로 조사되고 있다. 천수만은 대규모 간척지로 낙곡이 제법 남아 있어 중간 정거장 역할을 하기에 최상의 조건인 듯하다. 또 방조제로 둘러싸인 담수호 중간 부분에 모래톱으로 섬을 형성하고 있어 천적들의 침범을 막아 내는 천혜의 요소 역할도 하고 있다. 그래서인지 아직까지는 이곳에서 며칠씩 머무르면서

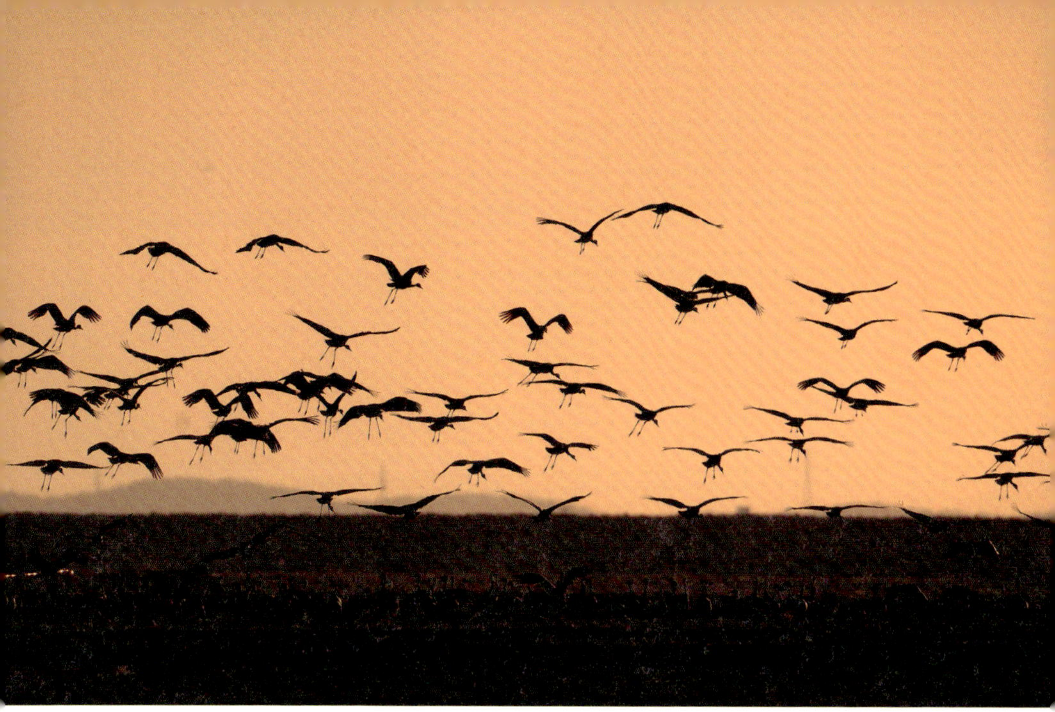

2014. 3. 21. nikon D700×600mm F5.6/천수만

동토에서 한겨울을 피난하여 내려오는 중간 기착지는 천수만이라는 천혜의 간척지다. 대규모의 흑두루미는 이곳에서 월동하기에 만날 행운이 수시로 주어진다.

2015. 3. 28. nikon D700×600mm F6.3/천수만

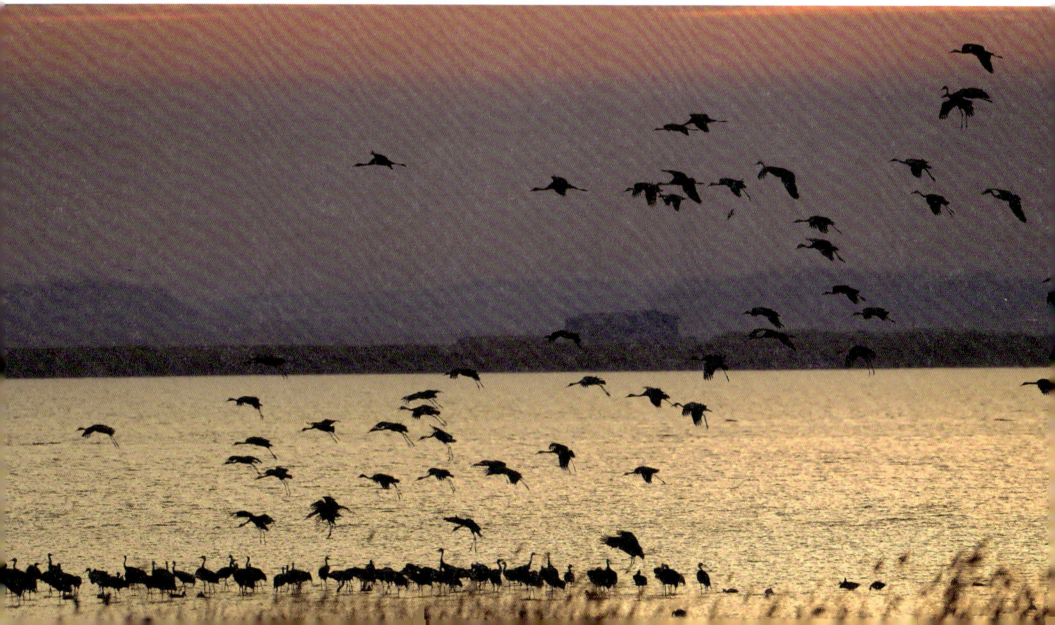

체력을 보강한 후에 출발하곤 한다. 해질녘 빠알간 노을을 배경으로 쉬러 날아 들어오는 흑두루미들을 찍으면 한 장의 그림엽서 같은 아름다운 모습이 자연스레 연출된다. 생태 사진가들이 천수만에서 흑두루미를 찍기 좋아하는 이유 중 하나다. 운 좋으면 지는 해의 빠알간 해 속에 흑두루미 몇 마리는 담아 낼 수도 있다.

이런 이유로 나는 일 년에 몇 번은 순례 여행처럼 꼭 천수만을 들른다. 그러나 천수만을 간다고 해서 내가 원하는 사진을 찍을 기회는 그리 많지 않다. 해가 지는 시각에 해가 지는 방향으로 그 높이에 흑두루미 군단이 날아 줘야 하는데 현실은 정반대인 경우가 많다. 꼭 머피의 법칙처럼 늘 이런 행운을 피해 다닌다. 어느 날은 날씨가

쟁하니 맑아 아름답게 해는 지는데 흑두루미들이 날아 들어오질 않고 어둑어둑해지면 쉼터로 날라 들어온다. 또 어느 날은 알맞은 시간대에 이들이 오고 있는데 해는 구름으로 잔뜩 둘러싸여서 찍으나마나 할 때도 있다.

몇 년을 이렇게 천수만을 찾다 보니 이제는 초연한 경지까지 이르게 되었다. 마음에 들게 찍으면 기분이 좋고, 도저히 삼박자가 안 맞아서 허탕치고 돌아오면 늘 이런데 뭘, 새삼스럽게 아쉬워하겠는가 싶기도 하다. 그러면서도 흑두루미들이 천수만에 도착했다는 정보를 접하게 되면 은근히 주말이 기다려진다. 그러고는 기상대의 주간 날씨부터 체크하는 습관성 행동이 뒤따른다. 이도 병인가 싶다.

79

간척지에서 낙곡을 주어 먹던 흑두루미 떼가 갑자기 출현한 고라니 부부의 방문으로 성급히 날아
오르기 시작했다. 이 날은 일본 이즈미 지역에서 갓 도착한 4,000여 마리의 흑두루미 떼로 천수만
이 풍성한 하루였다.

2014. 3. 21. nikon D700 ×600mm F5.6/천수만 간척지

무등산의 **옹달샘**은 누가 와서 먹나요

대도시를 낀 명산이 그리 많은 편은 아니다. 서울의 북한산, 인왕산, 남산과 대구의 팔공산, 광주의 무등산을 대표적으로 들 수 있겠다. 그중 광주광역시를 품에 안고 있는 무등산은 접근하기 쉬운 명산으로 더 잘 알려져 있다. 광주 시내 어느 곳에서도 바라볼 수 있는 친근한 산이기에 국립공원 지정은 가장 마지막이지만 유명세는 상당하다.

국립공원으로 지정된 후론 우리 같은 생태 사진가들에겐 더 까다로운 조건들이 더해지면서 상대적으로 접근하기도 쉽지 않아 불편을 감내해야 했다. 산새를 찍기에는 가깝고도 깊은 계곡을 지닌 무등산이 적격이라 국립공원 지역이 아닌 곳으로 사진을 찍을 만한 곳을 탐색해야 했는데, 다행히 옹달샘 하나를 발견했다. 어찌된 영문인지 마른 계곡으로 이어지다가 중턱

동고비

노랑턱멧새

직박구리 / 가족

2014. 8. 23. nikon D700×600mm F4/무등산

딱 한곳에서만 물이 샘솟듯 흘러내리고 있었다. 이런 곳은 산새 찍기에는 최적합지다. 왜냐하면 산새들도 물을 마셔야 하고 날개 관리를 위하여 목욕도 자주 해야 하는지라, 물 있는 곳을 알고 지낼 터. 이곳을 선점하고 있다면 산새들이 하루에도 몇 번씩은 찾아와 주겠지 하는 확신을 얻게 했다.

이곳에 위장막을 치고 옹달샘 주변도 깨끗이 청소하고 한두 시간 기다리니

노랑턱멧새

다람쥐

2014. 6. 15. nikon D700×600mm F4/무등산

직박구리

어치

물까치

박새

검은댕기해오라기

동고비가 제일 먼저 인사하러 왔다. 뒤이어 박새들 그리고 쇠박새, 곤줄박이 같은 작은 녀석들부터 직박구리, 어치, 지빠귀들까지 찾아왔다. 새들의 단골 목욕탕이었던 것이다. 어치는 한 가족이 와서 옹달샘을 점거하고 목욕 순서를 기다리는 지경이 되어 버렸다. 간혹 청딱따구리에 붉은배새매까지 왕림해 주더니 어느 날은 귀한 팔색조까지 찾아와서 한동안 우리 마음을 들뜨게도 했다. 다람쥐들은 이곳에서 목 축이는 게 일상이 되었고 까치독사까지도 한 번씩 애용했다.

물을 차지하기 위한 서열 다툼과 자기 차례를 기다리는 새들을 무등산 속 한 켠 조용히 흐르는 옹달샘에서 위장막이란 감춰진 비밀스런 공간을 통해 훔쳐보니, 긴장감도 있고 신비스러운 자연도 만끽하며 힐링이 되었다.

86

화순에서
만났던
긴꼬리딱새

긴꼬리딱새는 이름으로 보아 딱새의 한 분류인 듯싶다.

몇 년 전 우연한 기회에 이 새를 보고 첫눈에 반했다. 이런 특이한 새를 우리나라에서 볼 수 있다고? 반신반의하고 찍은 곳을 확인해 보니 남해 어느 산속이라고 했다. 관심은 또 다른 관심을 불러일으키는 법. 이 새의 이름이 삼광조라고 했다. 나중에 알았지만 세 군데가 형광색의 빛을 낸다 해서 일본에서 그리 불렀고, 한동안 우리나라에서도 삼광조라고 불렀다. 다행인지는 모르지만 의식 있는 조류학자들을 중심으로 우리 식 이름인 긴꼬리딱새로 고쳐 불리고 있다.

긴꼬리딱새는 국제적으로도 적색 멸종 위기종으로 분류되고 있다. 이 흔치않은 녀석을 꼭 한번 찍어 보고 싶

다는 욕망이 매년 봄철이면 새록새록 가슴 한 켠에서 불을 지폈다. 그런데 주로 관찰되는 곳이 제주도 깊은 계곡이 있는 숲속이라 하고, 남해나 통영 등 남해안에서 만날 수 있다 하니 나에겐 그저 뜬구름 잡기나 마찬가지였다. 그렇다고 무거운 대포 렌즈를 매고 무작정 제주도를 가서 산속을 헤맬 수도 없는 노릇이라, 속으로 그 간절함만 더해 간 게 3, 4년은 흘렀다.

나만 이런 간절함이 있는 줄 알았는데 주변에서 생태 사진을 하는 몇 분도 같은 마음이었나 보다. 같은 병을 앓고 있는 우리는 이 녀석이 있을 법한 산속을 탐조하기로 했다. 그나마 희망을 갖게 하는 것이 긴꼬리딱새의 울음소리였다. 세상의 소음을 파묻는 깊은 산속에서 이 녀석의 울음소리는 군계일학이라 할 만하다. 이 봄철에 우리 나라를 찾아오는 팔색조와 더불어 긴꼬리딱새 우는 소리는 특이해서 한 번만 들어도 바로 알 수 있다.

무등산을 중심으로 탐조를 했는데 암컷 한 마리를 찍은 게 그나마 다행스러운 수확이었다. 여름 철새인 까닭에 다음 해를 기약해야 했다. 그리고 작년에 실패한 경험과 다른 곳의 생태 환경들을 참고하여 담양, 화순 등 골

이 깊은 산속을 헤매기를 한 달여. 우리 팀은 화순군의 어느 산속 계곡 대나무밭 인근에서 긴꼬리딱새 보금자리를 찾을 수 있었다.

몸통보다 꼬리가 훨씬 길어서 슬픈 긴꼬리딱새 수컷으로, 암컷은 여느 산새와 비슷한 정도의 꼬리를 지녔다. 이들이 사람들 눈에 덜 띄는 건 계곡 음습한 곳 특히, 인간의 접근이 어려운 곳에 둥지를 틀고 새끼를 키우기 때문이지 않을까 싶다. 딱 한 해 열심히 긴꼬리딱새를 찍고 지금은 이 녀석들을 찾아다니러 탐조를 하지는 않는다. 산모기의 공습 그리고 간혹 산에서 만난 독사의 그 음흉한 자태를 떠올리기 싫어서다.

2013. 6. 27. nikon D700×600mm F4/전남 화순

담양천의
바람둥이
원앙

원앙은 1982년에 천연기념물 327호로 지정받은, 제법 귀족에 속하는 기러기목 오리과에 속하는 조류다. 수컷의 화려한 깃으로 인하여 모르는 사람이 없을 것이다. 결혼식장 폐백장 한 켠에는 금슬 좋게 자리 잡은 목각 형태의 공예물도 있다. 사실 수컷의 화려함도 혼인색이라고 할 정도로 겨울이 다가올수록 그 아름다운 깃털이 최절정기를 이룬다. 여름철에 원앙 내외를 발견하더라도 어느 녀석이 암컷이고 수컷인지 구별하기가 힘들 정도로 비슷하다. 부부지간에 금술이 좋다는 원앙도 깃털의 화려함만큼이나 바람기도 많다는 속설도 있는데 거기까지는 관찰을 못해서 모르겠다.

동물원이나 창경궁 춘당지엔 새우깡에 길들어진 원앙을 아무 때나 볼 수가 있다. 야생 상태의 원앙은 담양 습지에서 처음 만났다. 야생에 사는 원앙은 사람들의 접근을 허락하질 않는다. 굳이 해칠 생각이 없는데도 사람들이 접근하거나 지근거리에서 맞닥뜨리면 바로 날아가 버린다. 날아가는 뒷모습은 정말 볼품없다. 오리 궁둥이 보는 정도라고나 할까?

원앙은 매년 몇 번씩 조우한다. 때론 위장막 앞쪽으로 새끼들을 졸졸 데리고 지나가는 모습도 본다. 보통 10여 마리씩 키우는 원앙의 보육은 전적으로 암컷이 책임을 진다.

새들은 수컷들이 화려하고 아름답다. 특히 원앙 수컷은 그야말로 예술품 중에 예술품이다. 새로 칭하기는 좀 아깝다는 생각까지 들게 한다. 새 중에서도 더 깊이 들어가면 물오리류다.

2014. 12. 12. nikon D700×600mm F4.5/담양 생태천

2014. 5. 3. nikon D4s×600mm F5.6/담양 생태천

원앙들이 황급히 날아오른다. 언뜻 봐도 무언가에 쫓기듯 한 마리도 남지 않고 일제히 솟아오르는 걸 봐서 주변에 삵의 출현으로 생각해 본다. 이런 뜻하지 않은 상황은 나에게는 좀 더 생동감 있는 사진을 얻을 수 있는 기회를 준다.

2013. 1. 5. nikon D700×600mm F4.5/담양 생태천

이렇게 보면 원앙 수컷은 그 화려함이나 외모에서 풍기는 아름다움은 극치를 보여 준다. 그래서일까? 매년 흔하게 만나다 보니 지금은 질리게 아름답다고 표현하고 싶을 정도이다. 처음 만났을 때보다 그 반가움도 많이 반감되었고, 어떨 때는 주변 배경이 별로면 아예 거들떠보지도 않는다. 명색이 천연기념물인데도 말이다.

올해 봄에 만난 원앙 부부는 그래도 정감 있게 분위기 좋은 곳에서 쉬고 있었다. 아마도 내가 모르는 곳에 둥지를 틀고 초여름이 올 무렵이면 새끼들 줄줄이 뒤따르게 하고 이 하천을 찾아올 것이다.

새들은 수컷들이 화려하고 아름답다. 특히 원앙 수컷은 그야말로 예술품 중에 예술품이다. 새로 칭하기는 좀 아깝다는 생각까지 들게 한다. 새 중에서도 더 깊이 들어가면 물오리류다.

2012. 1. 1. nikon D700 × 600mm F4.5/광주 대야제

2012. 5. 20. nikon D700×600mm F4.5/담양 생태천

2012. 5. 20. nikon D700×600mm F4.5/담양 생태천

겨울 진객
가창오리
군무

영국 《BBC》에서 세계적으로 진귀하고 볼만한 100대 생태 다큐로 우리나라에서는 유일하게 가창오리 군무를 꼽았다. 생태적으로 훼손이 많이 되어서 오래전 철새들에겐 그리 달갑지 않은 곳이 되어 버렸건만 그래도 매년 겨울이면 가창오리들이 찾아와 주어 그나마 다행이라 여겨진다.

매년 11월경 시베리아가 동토의 땅으로 변해 갈 즈음이면 이 가창오리의 대이동이 시작된다. 많을 땐 50여만 마리라고 하던가. 아무튼 이 녀석들 개체 수를 어찌 다 헤아리는지는 수수께끼지만 나름대로 생태학자들은 분포도와 면적으로 환산해서 추정치를 발표하곤 한다. 몇 해 전까지 군산 전망대에선 매일 이 개체 수를 홈페이지에 공개하곤 하다가 찾는 이가 많아서

인지 요즘은 슬그머니 이 숫자를 공개하질 않는다.

언제 남하하는지는 누구도 모른다. 철새들은 기류 변화에 따라 이동한다고 들었다. 아마도 날갯짓을 최소화하면서 이동하는 노하우를 부모에게 전수받았으리라. 더욱이 그 이동 경로가 정확하다. 위성항법장치라도 달고 내려오는지 모르겠지만, 그 어미들이 들른 이동 경로를 따라 내려온다. 역순으로 3월경이면 다시 돌아간다.

2012. 3. 10. nikon D700×35-70mm F5/고창 동림지

점으로 보였는데 자세히 보면 날갯짓을 하는 가창오리 떼 수천 마리 아니 수만 마리가 보인다. 누군가 장난 말로 몇 마리인지 숫자를 헤아려서 맞추면 거하게 한 턱 쏘겠다고 한다. 이 많은 오리 떼들이 서로 부딪치도 않고 누군가의 신호에 따라서 방향 선회도 하다가 곧바로 날기도 한다. 이들이 날 때 그 날갯짓하는 소리는 듣는 것만으로도 쾌감이 느껴진다.

2014. 1. 18. nikon D700×80-200mm F5.6/고창 동림지

우리나라에서 대규모로 관측되는 처음 장소는 군산 금강이다. 천수만에서 새만금 간척지 등 서해안을 따라 남하하다가 군산 금강에서 머무르며 휴식한다. 먹이 활동은 군산 나포 들녘이나 반대편인 서천의 들녘에서 하는데, 휴식이 끝날 무렵부터 이른바 꿈의 무대를 연출한다.

수십 마리의 가창오리가 일사불란하게 대열을 움직이며 군무를 추면 구경꾼들은 일제히 얼어붙는다. 순식간에 눈앞에서 시커멓게 점으로 움직이는 그 모습이란! 눈을 떼기 어렵게 한다. 공연 시간도 정해진 게 없다. 언제는

10여 분, 또 언제는 수분 이내에 끝내기도 한다. 또 피날레를 장식하고 박수까지 받고 사라졌는데 기꺼이 다시 와서 앙코르 공연도 해주기도 한다. 이 가창오리 떼는 군산에서 군무를 벌이다가 금강이 얼면 고창군의 동림 저수지로 이동한다. 최종 기착지는 영암호나 금호호다. 예전엔 해남군의 고천암에서 머물렀는데 10여 년 전부터는 도통 이곳을 찾아가질 않는다. 휴식환경은 고천암이나 영암호나 같은데 왜 장소를 옮겼는지는 모른다. 다행히 영암호에서 자주 만날 수 있으니 그저 고마울 따름이다.

그때그때 상황이 다르겠지만 가창오리들의 집단 이동은 해가 떨어지지 않은 시간대에는 좀처럼 날
려고 생각을 하질 않는다. 이날은 그물을 손보러 간 배 한 척 때문에 뜻하지 않은 태양과 가창오리
떼를 담을 수 있었다. 이렇게 날아오르면 공연도 해 주어야 하는데 해가 있는 이른 시간에는 자리
만 옮길 뿐 어선이 빠져나가면 유유히 저수지로 다시 내려앉아 휴식을 취한다.

2012. 3. 11. nikon D700×600mm F4.5/고창 동림지

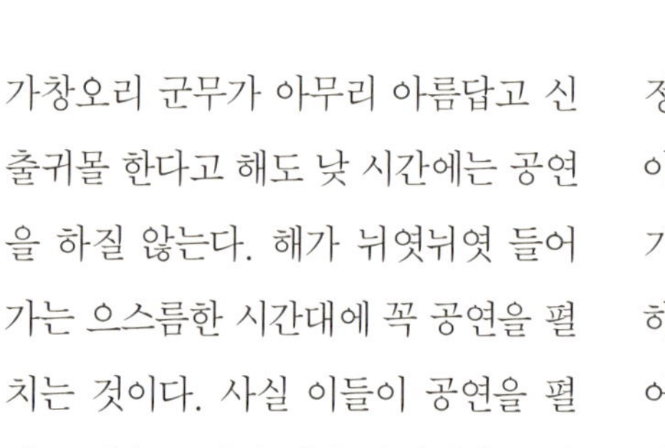

가창오리 군무가 아무리 아름답고 신
출귀몰 한다고 해도 낮 시간에는 공연
을 하질 않는다. 해가 뉘엿뉘엿 들어
가는 으스름한 시간대에 꼭 공연을 펼
치는 것이다. 사실 이들이 공연을 펼
치는 이유는 살기 위한 선택이라는 게
정설이다. 맹금류나 천적들로부터 살
아남기 위한 처절한 몸부림이 우리 보
기에는 공연 형태로 멋진 그림을 선사
하는 것이다.
어느 날은 가창오리들이 처음으로 찾
아오는 순간을 직접 목격했다. 그냥

108

뿌연 하늘이겠지 싶었는데 근접하자 점이 보이기 시작하다가 조금 더 크게, 단체로 날아가는 모습을 보여 주었다. 그렇게 수백 마리씩 아니 수천 마리씩 오고 또 오고, 근 30여 분간 그렇게 대이동을 하면서 내 눈 앞쪽으로 떨어지는 것이었다.

이 환상적인 모습을 보고서 난 매년 가창오리 떼가 오기를 기다린다. 영 미덥지 않을 때는 군산 금강까지 영접 갈 때도 있었다. 겨울을 무사히 보내고 영암호를 떠나갈 때는 고창의 동림 지까지 마중을 보내기도 했다. 그렇게 또 봄이 찾아오면 아쉬움에 가창오리 떼와 이별하고, 겨울이 다가오면 기다린다. 멋진 녀석들.

그러나 매년 개체 수가 줄어 간다는 소식을 접할 때면 안타까움이 더 깊숙이 밀려온다. 이러다가 전 세계적으로도 우리나라에서만 볼 수 있다던 가창오리 군무를 영영 못 보는 날이 올지 모른다는 섬뜩한 생각이 드는 이유는 무엇일까.

담양천의
고라니와
한탄강의 **고라니**

2014. 12. 20. nikon D700×600mm F5.6/한탄강

담양 생태천에 사는 고라니나 한탄강에 사는 고라니는 같은데 이렇게 구분하니 꼭 엄청난 비밀이 있는 듯하다. 결론은 아무 의미도 없다. 단지 담양 생태천에서는 고라니를 생각지도 않은 곳에서 불쑥불쑥 만났을 뿐이다. 어떨 때는 자전거 도로를 떡하니 막고 있다가 내 차를 발견하고 황급히 꽁무니를 빼곤 했다.

겨울철 한탄강은 하얀 눈 덮인 강변에 두세 마리씩 고라니가 출몰하여 사진사들을 기쁘게 해주는 곳이다. 민통선 근방에는 사람들의 접근이 어려워서 그런지 고라니를 더 많이 볼 수 있다.

담양천이나 한탄강에 사는 고라니는 같은 종이지만 노루와는 엄연히 다르다. 노루와 사슴이 산속에 산다면 고라니는 물가를 좋아해서 늪이나 인가 가까운 곳에 산다. 어찌 보면 노루나

111

얼음이 꽁꽁 언 강 위에 소복이 하얀 눈도 쌓였다. 모든 세상이 자기 세상인 양 뛰노는 고라니 세 마리가 정겹다. 이곳에서나 이렇게 많은 고라니를 한 프레임에 담을 수 있다. 물을 좋아해서 그런지 고라니는 서양에서는 Water deer라 부른다.

2015. 1. 20. nikon D700×600mm F5.6/철원 한탄강

2014. 3. 21. nikon D700×600mm F5.6/천수만

사슴에 비해 고라니가 더 귀한 종이다. 바다와 인접한 중국이나 우리나라, 일본 정도에서나 볼 수 있는 귀한 녀석이다. 물새를 찍겠다고 위장막에 들어가서 하루 종일 시간을 허비하고 있을 때 갈대숲을 헤치고 나와서 물을 건너가는 고라니를 이따금 본다. 꼭 사막에서 신기루를 보는 것 같다.

이 녀석이 한 번 지나가 주면 하루 종일 기분이 좋아지기도 했으니 우리에겐 행운의 동물이라 하겠다. 어느 날은 배부른 암컷이 지나갔다. 우리 위장막 주변 어느 갈대숲에서 새 생명이 태어나 이 하천에 새로운 일원으로 합세할 것을 생각하니 그 기쁜 마음이 배가 된다. 새끼를 데리고 어미가 물을 건너는 상상을 해본다. 벌써부터 기분이 좋아진다.

참새라는 이름으로 살아가기

'참'이라는 단어에는 많은 뜻이 숨어 있다. 진짜배기, 우리 것, 토속적인 등… 국어사전을 빌리지 않더라도 좋은 단어라는 것을 알 수 있다. '참새'는 그래서인지 진짜 새 같은 느낌이 든다. 흔하게 널려 있어 친근하게 만날 수 있는 새. 참이라는 단어가 주는 어감 때문인지 정겹기도 하고, 진실되기도 하고, 심지어 정의로운 느낌까지 든다. 이 듬직한 '참'이라는 단어를 왜 이 보잘것없는 새에 붙였을까 하는 논의는 전문가 몫으로 돌린다.

2013. 8. 17. nikon D700×600mm F4.5/담양 생태천

2011. 1. 16. nikon D300×80-200mm F5/담양

2013. 1. 1. nikon D700×600mm F5.6/담양 생태천

2010. 1. 31. nikon D300×600mm F4.5/신안 압해도

우리 주변에서 재잘거리다가 포르르 날아가 버리는 참새들은 흔하게 여기 저기 우연을 가장하여 필연적으로 볼 수밖에 없는 녀석들이다. 추수 때가 임박하면 누런 들판은 이들의 세상이다. 이래서 유해 조수라는 불명에 훈장도 받았다. 허수아비를 세워 둔들 그 모자 위에서도 종알거리는데, 이를 어찌하리요.

시속 100여 킬로미터로 씽씽 달리며 일산 호수공원 가는 중에 태평스럽게 먹이를 찾으면서 늦가을 정취를 물씬 풍겨 주는 녀석을 본 적이 있다. 미국에는 참새가 없다고 한다. 그래서 늘

119

2013. 4. 14. nikon D700×300mm F5.6/담양 생태천

120

2010. 1. 31. nikon D300×80–200mm F5.6/담양 관방제림

보던 참새가 그리워 유럽 지역에서 참새를 약간 들여왔는데, 지금은 맨하탄 도심에서도 출근하는 직장인들 빵 부스러기 떨어지기를 기다린다고 한다. 그만큼 악착같이 잘사는 종인 듯싶다. 비둘기와 참새가 인간 영역으로 파고들어와 제일 정착을 잘한 조류에 속한다는데, 참새 너는 누구인가?

어디를 봐도 왜 참새여야 하는지는 알 수 없지만, 우리 주변에서 살면서도 결코 우리를 귀찮게 하지 않은 예쁜 녀석인 것만은 분명하다. 그리고 어딘가 귀여운 구석이 있다.

| 2부 |
야생화 그림 흉내 내기

뻐꾸기 울
즈음 핀다는
뻐꾹나리를 만나다

매년 초가 되면 희망 사항을 머리에 입력하곤 한다. '무엇을 찍을까' 하는 것이다. 일상에 쫓기듯 살아가다 보니 놓치기 싫은 대상을 억지로 뇌리에 입력시키려는, 그런 하찮은 습관인지도 모르겠다.

새 사진은 물수리가 발을 갈퀴 모양으로 해서 시속 100여 킬로미터로 돌진해서 물고기를 잡는 장면을 담고 싶고, 속칭 불새라고 불리는 호반새는 역광일 때 찍어서 불같은 붉은색을 표현하고 싶고, 이왕이면 겸사겸사 꽃의 여왕이라는 얼레지도 찍고 싶다는 나만의 목표를 세워 두었다. 결과적으로 새는 미완의 실패라고도 해야 하나, 물수리는 포항의 형산강이나 강릉의 남대천을 가야 하기에 아직 시도조차 못했고, 호반새는 비 오는 날 남이섬을 가서 증명사진만 담아 왔으니 미완의 실패로 치부해 본다. 얼레지는 지인들 덕분에 담는 데 성공했다. 더불어 대관령 목장에서 금꿩의다리, 노랑물봉선도 찍었다. 사람 마음에 끝이 없다고, 이젠 사진 사이트에서 본 뻐꾹나리에 욕심이 생긴다. 꼴뚜기 모양 같은 뻐꾹나리는 단순하면서도 대칭되어 주변에 쉽게 볼 수 없는 꽃이다.

나는 이상한 원칙을 세우고, 무슨 큰 맹약이나 한 것처럼 잘 지키려고 난리법석을 피우는 편이다. 그 원칙이라는 게 내가 사는 곳에서 1시간 이상을 벗어나지 않는 것이다. 무리하게 비싼 기름 쏟아 가며 시간을 허비하면서 남들 다 찍어 갖고 있는 그런 사진보다는, 주변에 있는 것들이나 충실하게 찍어 본인 것으로 만들자는 것이다.

내면의 자기 최면술 같은 것이다. 그런데 뻐꾹나리가 집에서 20여 분도 안 걸리는 곳에 있단다. 얼쑤, 이런 횡재가 어디 있겠는가?

그렇게 뻐꾹나리 찾아 삼만 리는 시작되었다. 지인은 내게 산 이름과 그곳으로 진입하는 지형 정도만 알려 주었다. 어느 산이라고 일러 줘도 모래사장에서 바늘 찾기인데, 산 이름과 진입로만으로 찾는다라. 뒤늦게 만만하게 찾아 나서고 나서야 후회를 많이 했다.

첫날은 다섯 군데, 다음번에는 두 군데를 찾아다녔다. 정확한 위치를 알지 못하는 상태에서 돌아다니다 보니 수많은 산모기에게 선물만 안겨 주고 철수할 수밖에 없었다. 오기가 슬슬 발동했다. 한 주를 더 기다려 반경을 넓혀 찾아보기로 했다. 이상하게 첫 번째는 기대감과 설렘이 가득했는데 그 다음에 갔을 때는 큰 기대감 없이 이것저것 찍어 보면서 여유까지 생기는 거다.

뻐꾸기가 울 무렵에 꽃잎의 무늬가 뻐꾸기 뱃살 깃털무늬와 비슷해서 붙여

졌다는, 이상야릇한 이름을 가진 뻐꾹나리. 연 이틀을 소비한 덕에 끝물 상태의 뻐꾹나리 자생지를 찾을 수 있었다. 얼마나 반갑던지! 올해는 비록 끝물이지만 내년에는 가장 먼저 찾아와 이들을 반길 것이다.

꽃무릇을 배경으로 자태를 뽐내고 있는 뻐꾹나리가 싱그러움을 넘어서는
파스텔톤 아름다움을 선사한다. 어찌 보면 꼴뚜기 모양같이 보이기도 하
는 이상야릇한 야생화이다. 뻐꾸기 울 즈음에 피어서 뻐꾹나리라고 한다
니 이름값도 재미있는 녀석이다.

2013. 9. 18. nikon D700×300mm F5.6/함평 용천사

126

며느리도
몰랐던
며느리밑씻개

며느리밑씻개, 이런 기상천외한 꽃 이름을 들어 본 적이 있는가? 이만큼 우리 선조들은 꽃 이름을 지으면서도, 생활철학과 해학과 주변의 이야깃거리를 생각했나 보다. 며느리가 붙어 있는 꽃 이름은 며느리밑씻개와 더불어 며느리배꼽, 며느리밥풀이 있다.

그런데 아무리 생각해도 며느리라는 말 때문인지, 고급스런 이름은 없는 것 같고, 친숙한 단어가 붙었다. 며느리밑씻개는 다 알 듯이 고부간의 갈등이 최고조로 달한 듯, 그러면서 쌍스런 욕설이나 쌈박질이 아닌 풀로 풀어내는 우리나라만의 정서가 아니겠는가?

2012. 4. 8. nikon D700×300mm F5.6/대원사

요즘 들어 향기 나는 화장지까지 등장하고, 수세식에 비대에 그야말로 호텔급 화장실 문화가 가정까지 보급되어 있다. 하지만 불과 2, 30년 전만 거슬러 올라가도 푸세식 화장실에 신문지나 책을 찢어서 뒷일을 해결해야 했다. 그 옛날에는 종이도 귀했던 시절이라 풀잎이나 짚으로 해결했을 거다.

사이가 좋지 않은 시어머니가 하루는 싱싱한 풀을 베어서 뒷간에 뒷처리용으로 놓아 두었다. 어찌 보면 눈치에 3년, 벙어리에 3년 이런 세월을 살고 있는 며느리를 위한 배려가 아니겠는가? 뒤탈이 나서 뒷간이 급했던 며느리가 뒷간에서 일을 보고는 시어머니의 배려로(?) 옆에있던 싱싱한 풀잎으로 깔끔한 뒷처리를 하는 순간 며느리는 그만 눈물이 핑 돌았을 것이다.

이 며느리밑씻개는 자세히 보면 줄기에, 가시들이 갈고리처럼 촘촘히 나

깽깽이는 해금에서 나오는 의성어다.
그런데 왜 이 꽃 이름이 깽깽이가 되
었지는 아직 모른다. 단지 봄의 정기
와 습기를 머금은 양지에 보랏빛 자태
를 뽐내며 고고히 피어난다는 것, 빛
을 잘 이용하면 더 아름답게 보인다는
것만 알 뿐이다. 귀해서 그런지 지금
은 이 깽깽이풀 자생지도 갈수록 사라
지고 있는 실정이다.

2012. 4. 14. nikon D300×105mm F5.6/보성 야산

2013. 9. 17. nikon D700×300mm F5.6/담양 병풍산

며느리밑씻개
2012. 9. 15. nikon D700×300mm F5.6/담양 병풍산

있다. 보통 손목이나 발목에 걸리면 여지없이 상처를 내버릴 정도로 드센 가시들이 순방향이 아닌 역방향으로 나 있다. 그런 이 며느리밑씻개가 여인네 부드러운 그곳을 쓰윽 지나쳤으니, 그 내상이 얼마나 크겠는가.

한편 이 풀을 준비한 시어머니는 어느 구석에서 분명히 엿보고 쾌재를 불렀을 것이다. 그동안의 남편 잃고 아들까지 며느리에게 빼앗긴 서러움을 한방에 해결했으니 말이다.

은꿩의 다리

며느리밥풀꽃

닭의장풀

계륵 같은
소나무여 소나무여

소나무는 우리가 흔히 볼 수 있는 친근한 나무 중 하나다. 그래서인지 세인의 관심을 많지 받지는 못한다. 사회적 이슈 또한 끌어내지 못한다. 언제나 그렇듯 그 자리에서 우리 숲을 지키고 있다.

혹자는 유럽을 '오크(oak) 문화', 지중해를 '올리브(olie) 문화', 우리나라를 '소나무 문화'라 했다. 화재로 소실된 남대문도 수백 년 묵은 금강송으로 짓고 있고, 경북궁이나 큰 고찰들도 모두 소나무를 사용했다. 알게 모르게 소나무는 우리 문화 깊숙이 자리하고 있는 동반자였다.

사진을 취미로 삼은 지 몇 년 되었으나 아직 가보지 못한 곳이 경주에 있는 삼릉 소나무 숲이다. 해가 마악 떠오르려는 새벽에 칙칙한 소나무 숲에

선 안개가 피어오르고, 보일 듯 말 듯한 거북이 등 같은 소나무 외피가 보인다. 그때 둔탁한 카메라 셔터 음이 숲을 깨운다. 그렇게 파인더에 채워진 소나무 숲의 그림이 내가 담고 싶은 한 장의 사진이다.

그러나 이런 기대와 희망은 거리가 멀다는 핑계로 숙제마냥 뒤로 미뤄 두고 있었다. 그러던 차에 올해 가족과 역사 여행이란 테마로 1박 2일간 경주

2012. 5. 13. nikon D700×600mm F4/경주 황성공원

여행을 하게 되었다. 첫 대면하는 삼릉의 소나무 숲에 안개가 끼어서 신비감을 선물해 주길 기원하면서 잠을 청하지만 쉽사리 잠이 오질 않는다.

새벽 5시에 일어나 고도를 지나는 길엔 제법 안개가 끼어 있었다. 그러나 정작 삼릉에 도착하니 평범한 아침이 되고 말았다. 이리 뒤틀리고 저리 눕다가 마악 일어난 형상으로 소나무들이 나를 반긴다.

나는 적잖이 당황했다. 어떤 프레임으로 구상해서 담을지 막연하고 심지어는 답답하기까지 했던 것이다. 지금은 사진 찍을 적당한 계절이 아닌가 보다. 나 혼자만 이곳저곳 좋은 구도를 찾아 헤매고 있었다.

갑자기 출현한 이방인의 등장으로 숲에 둥지를 틀 요량이던 원앙 부부는 놀라서 날아가고, 파랑새는 경고 음을 보냈다. 이에 숲은 작은 요동을 쳤다. 그렇게 오랫동안 벼른 삼릉 소나무 숲 출사를 별 소득 없이 허무하게 마치고 돌아오면서 많은 생각을 하게 되었다. 소나무는 집단성이 강하여 소나무 잎들을 깔아 잡목이 살 수 없는 환경을

137

만들고 송진이라는 강력한 무기로 적을 방어하는 무시무시한 집단이지만, 죽어서는 송이버섯이라는 선물을 남겨 준다. 또 아기자기한 숲은 얼마나 아름다운가!

그 숲속 소나무에는 딱따구리가 구멍을 파서 둥지를 틀고, 그 둥지는 다시 후투티, 파랑새, 원앙들의 2세를 키우는 요람으로 재사용된다. 이들이 떠난 빈 둥지는 다람쥐들이 차지하여 비도 막고 바람을 피해 가는 숙소로 사용한다.

흔하게 많은 소나무 숲이지만 개발이라는 명분으로 우리 주변에서 많이 사라지고 있다. 또 온난화로 인하여 활엽수림에게 토착지를 빼앗기고 자꾸 북상하고 있다고 한다. 솔잎혹파리, 재선충 등으로 전염병을 앓듯 아름다운 우리 송림을 많이 잃어버린 적도 있다.

아름다운 송림을 보고픈 마음에 나만의 소나무 숲을 찾기로 했다. 곡성군 도림사 입구에서 발견한 소나무 숲은 경주의 삼릉보다는 못하지만 그런 대로 운치가 있었다. 담양 송강정 숲도 한번 노려볼 만한 포인트다.

어느 가을 분위기 좋은 날 새벽에 카메라를 메고 그곳으로 달려가는 꿈을 꾸어 본다. 그게 내일이 될지 10년 후가 될지 막연한 희망이 기분을 들뜨게 한다.

2012. 5. 13. nikon D700×80-200mm F5.6/경주 삼릉

2014. 6. 1. nikon D700×80-200mm F5.6/흑색변환/경주 삼릉

사진을 취미로 삼은 지 몇 년, 꼭 가보고픈 곳이 경주에 있는 삼릉 소나무 숲이었다. 해가 마악 떠오르려는 새벽 시간에 칙칙한 소나무 숲에선 안개가 피어오르고 보일 듯 말 듯한 거북이등 같은 소나무 외피가 보이기 시작한다. 그때를 맞추어 조용한 공기를 둔탁한 카메라 셔터 음이 숲을 깨우기 시작한다.

2012. 5. 13. nikon D700×24-85mm F5.6/경주 삼릉

2012. 5. 13. nikon D700 × 80－200mm F5.6/경주 반월성

흐느낌이
다른
억새와 갈대

피어오를 대로 피어오른 억새꽃들, 갈바람이 힘을 받아 매서워질 때 즈음이면 이들은 하늘로 힘찬 발돋움을 할 것이다. 억새꽃 사이로 조그마한 길이 나 있다. 억새들이 인간들을 위하여 조그마한 공간을 양보한 것이다. 그러나 갈대는 절대로 인간들에게 길 따위를 양보할 생각이 없다. 2미터가 훌쩍 넘는 키로 사람들보다 우위를 점하면서 그 위세를 당당히 하려 든다.

해가 서산으로 떨어지려 하고 있다. 하루 종일 에너지를 발산하며 삶터 활력소를 주다가 지쳐서 이제 막 쉬려 하는 햇살은 더욱더 강하게 마지막 에너지를 분출하고 있다. 지평선에 걸린 억새들도 이에 힘을 같이 보태는 듯 꽃송이마다 빛을 발하고, 바람 부는 대로 이리저리 아름다운 손사래를 치고 있다. 혼자는 외로워 여럿이 동무하면서 강한 햇살을 받아 넘기며 하룻밤 꿈을 꿀 준비를 하고 있다.

갈대는 하루에도 세 번 얼굴을 바꾼다. 이른 아침의 연한 햇살에 웃음을 활짝 핀 비싼 금갈대로, 한낮엔 평범한 은갈대로, 석양이 지려는 즈음엔 또다시 금갈대로 변한다. 억새 또한 강인한 생명력으로 땅에 촘촘한 뿌리를 박고 갈대처럼 바람 불면 부는 대로 그 방향으로 잠시 엎어졌다 일어서는 일을 반복하더라도 결코 허리 아파 드러눕지 않는다.

아침저녁으로 찬 기운이 제법 몸속 깊은 곳까지 헤집고 들어오고, 들녘엔 된서리를 맞은 갈댓잎도 이젠 맥을 못 추고 하늘로 치솟던 기운도 한풀 죽었다. 그래도 겨울의 세찬 칼바람과 맞

억새

2011. 10. 30. nikon D300×300mm F4.5/영암

갈대

2015. 1. 31. nikon D700×600mm F4.5/화성 간척지

서서 당당히 이겨 낸다.

나는 누가 뭐래도 갈대나 억새를 좋아하고 누구보다 이들 편에 서길 좋아한다. 철학적인 측면에서 파스칼의 '생각하는 갈대'를 좋아해서가 아니라 그냥 단지 빛을 잘 받는 억새나 갈대가 숨 넘어가게 황홀해서다. 그래서인지 늦가을이면 단풍 여행 가기보다는 제대로 핀 갈대나 억새숲을 찾아가길 더 선호하는 편이다. 색으로야 오색 단풍에 견줄 바는 아니지만 나름 억새나 갈대도 단순한 아름다움을 준다.

여주에 갔을 때다. 이날도 해질녘이면 둔치를 한 바퀴 도는 이상한 습관이 시작되었다. 황금빛 아름다움을 만날 각도를 찾는 것이다. 그러다가 부들 숲을 발견했는데 이 또한 갈대의 아름다움과 감히 견줄 만했다. 그러나 특별함만 있었을 뿐 우리에게 흔한 정취를 주는 갈대나 억새밭의 아름다움은 아니었다.

사실 억새와 갈대는 구별하기가 쉽고도 어렵다. 생각나는 대로 억새나 갈대라고 부르는 게 다반사다. 그러나 이 둘은 엄연히 다른 개체이고 다른 종이다. 나는 처음에 구분법을 산이나 들판에 있는 것은 억새, 바닷가나 하천 등 물을 가까이 두고 자라는 건 갈대, 이렇게 구분했다. 그런데 이 구분법이 얼마나 어리석었는지 나중에야 깨달았다.

자세히 보면 억새와 갈대는 확연히 다르다. 키와 줄기의 연함과 강함 그리고 꽃이라고 부르는 솜덩이 뭉치까지도 그렇다. 억새는 하얀색에 가깝고 갈대는 갈색이다. 억새잎은 날카로워 손에 상처를 입기 쉽고 갈대 잎은 좀 너그러운 편이다. 억새의 줄기는 속이 차있고, 갈대의 줄기는 속이 비어 있다. 그러나 갈대의 줄기가 더 두텁고 강한 편이다. 다르면 어떻고 같으면 어떠랴. 우리 주변에서 흔하게 볼 수 있고, 억척스러움이나 강인한 뿌리들의 습격이 때론 우리를 불편하게 하지만 금갈대 금억새는 언제 봐도 아름답다. 황홀할 정도로.

2015. 1. 31. nikon D4s×600mm F5.6/여주 남한강 변

여주에 갔을 때이다. 이날도 해질 녘이면 둔치를 한 바퀴 도는 이상한 습관이 시작되었다. 황금빛 아름다움을 찾을 각도를 찾는 것이다. 그러다가 부들 숲을 발견했는데 이 또한 갈대의 아름다움과 감히 견줄 만했다.

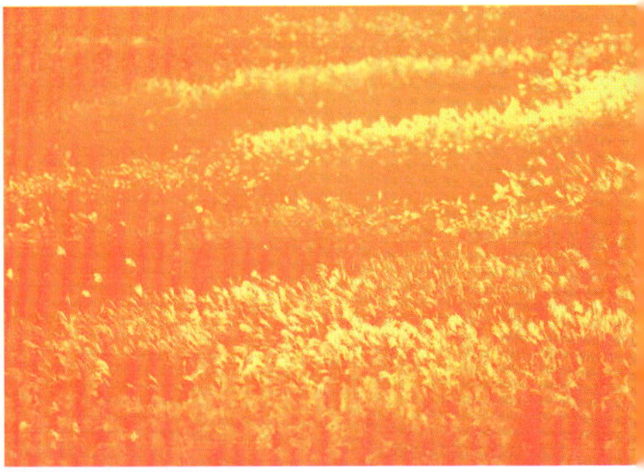

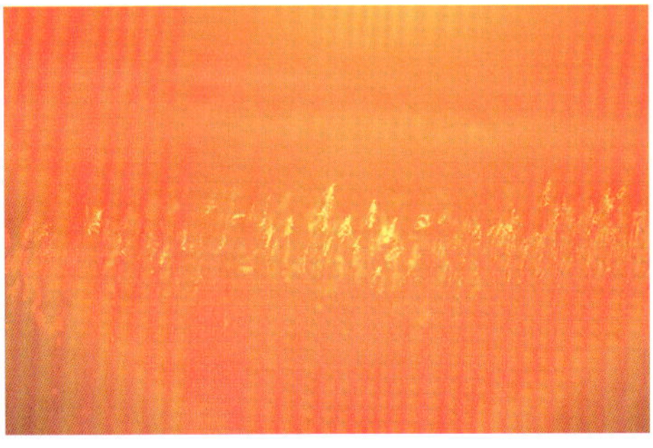

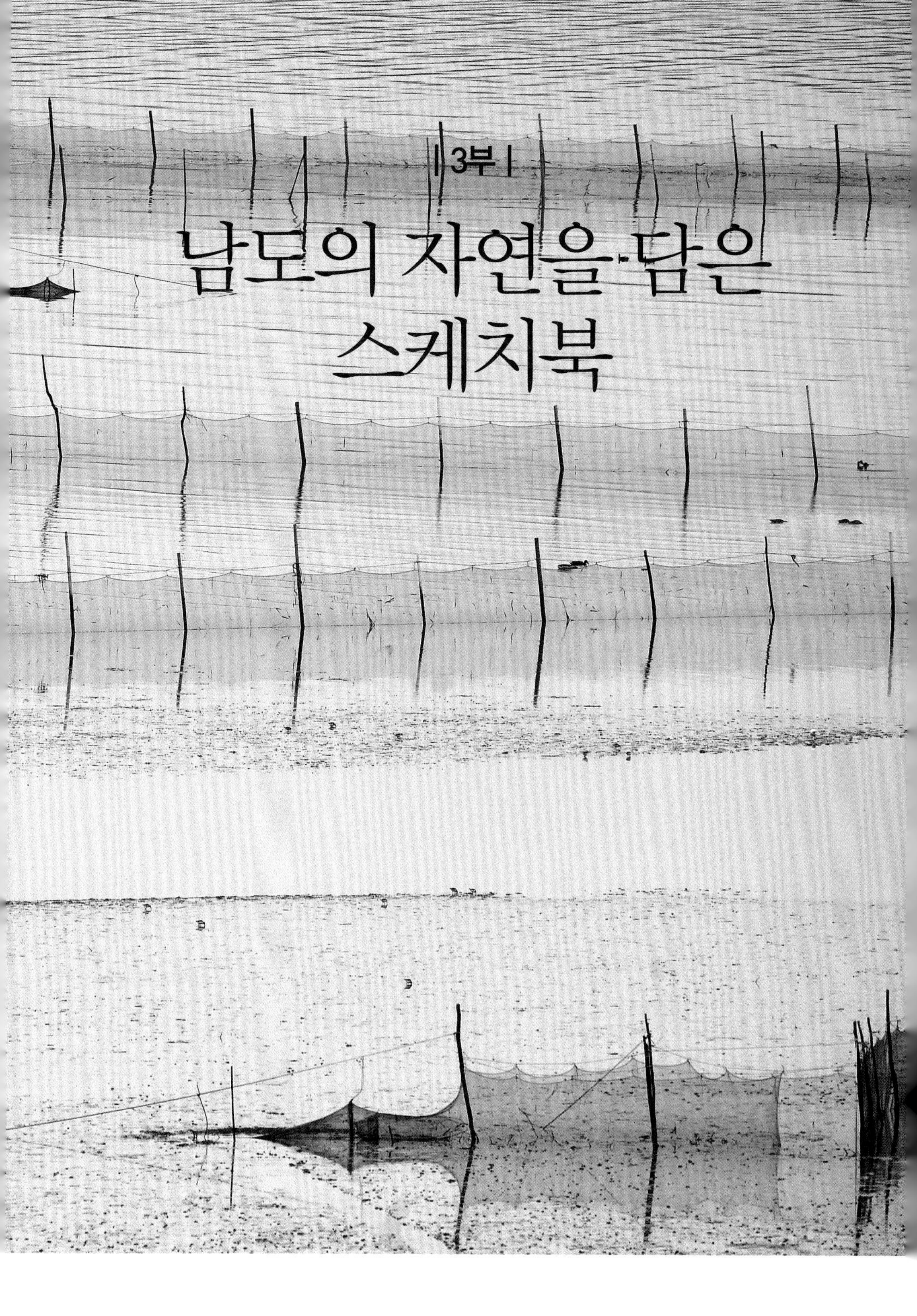
|3부|
남도의 자연을 담은
스케치북

천의 얼굴을 가진
순천만

고흥반도와 여수반도 사이에 230만 제곱미터에 이르는 거대한 갈대밭과 광활한 갯벌이 어우러진 순천만은 대한민국 1호 정원으로 지정되어 있다. 지금은 자연 생태관과 갈대밭 사이의 데크 탐방로, 용산 전망대 등 편의 시설도 잘 정비되어 있고 순천만의 겨울 진객 흑두루미도 1,000마리가 넘게 찾아와서 그야말로 생태의 완결판이라고도 할 수 있는 곳이 되었다.

집에서 한 시간여 달려가면 다다르는 곳이다 보니 일 년에 몇 번 정례 행사처럼 이곳을 찾는다. 철새가 오는 겨울철이면 이들이 잘 돌아왔는지 궁금해서, 이 외의 계절은 화포 지역 바닷가에 촘촘히 꼽아진 양식어장의 구조물 사이에 해가 떠오르는 모습이 그리워서 찾는다. 또 와온 해변에서 맞는 일몰은 갈 때마다 다른 모습으로 나를 반겨 준다. 빨갛게 무르익어 지는 노을도 일품이지만 어설프게 반겨 주는 노을도 순천만이어서 더 아름답다.

수 년 전 처음으로 순천만을 찾았을 때는 정보도 없이 막연하게, 철새가 많은 곳으로, 더구나 귀한 흑두루미가 찾아온다는데 한번 보자는 심산으로, 이 갈대숲이 있는 뚝방 길을 지나갔다. 나중에 안 사실이지만 내가 갔을 때는 흑두루미가 떠난 지 한참 지났다고 했다. 가도 가도 끝없는 갈대 속으로 오롯이 난 비포장길을 먼지만 폴폴 날리며 그렇게 달렸다.

그 시절 순천만은 요즘처럼 온 국민들이 사랑하는 곳이 아니었다. 새가 좋아서, 갈대가 좋아서, 바람이나 쏘이자며 찾아 나선 길 정도였다. 그러던

2015. 11. 1. nikon D4s×80-400mm F6.3/순천만

2013. 9. 7. nikon D700×24-85mm F5.6/순천만

2015. 11. 1. nikon D4s×600mm F5.6/순천만 화포

2013. 9. 7. nikon D700×80—200mm F5.6/순천 와온해변

순천만이 람사르 협약 가입 즈음에서 전 세계적으로 각광을 받았다. 순천시에서도 생태에 일찍 눈을 떠서 철새들이 머무르고 쉴 수 있는 여건을 만들어 주었다. 그러다 보니 관광객도 해가 다르게 늘어만 갔다.

며칠 전에 갔더니 순천만 주변에 펜션이나 식당도 많이 생겨서 마치 도회지가 연상될 정도였다. 관광버스는 계속 들어오고 승용차들과 엉겨서 마치 작은 주차장을 방불케 할 정도로 붐비는 곳이 되었다. 그래도 순천시에서 일정 구간을 정하여 흑두루미들에게 먹이도 주고 관광객들과 이격시켜서 이들에게도 일본 이즈미 시에 버금가는 안락한 쉼터를 조성해 주니 올해도 철새

2013. 9. 7. nikon D700×80-200mm F5.6/순천 와온해변

들이 1,000개체 이상은 올 듯하다. 늘 순천만 흑두루미들이 먹이터로 여기는 곳 주변만 어슬렁거리다가 올해는 널찍이 떨어져서 조금 더 높은 곳에서 순천만을 관조하기로 했다. 늘 일출만 찍던 곳이던 화포 쪽으로 방향을 틀어 그쪽에서 순천만을 바라보았다. 억새와 갈대 그리고 빨갛게 물들은 칠면초까지 보였다. 먹이를 잘 먹고 바람도 쐬러 들어오는 한 무리의 흑두루미 떼도 보인다.

역시 순천만은 천의 얼굴을 지닌 우리의 보물덩어리가 틀림없었다. 마땅히 이대로 잘 간직하여 후대에 물려줄 아름다운 유산이다. 순천만에만 오면 갈등이 생긴다. 어디로 갈 것인가? 〈무

155

진기행〉의 몽환적인 갈대 흐느낌을
느끼며 만끽할 것인가? 대대포구에서
생태 유람선을 타고 들어가 갯벌에서
쉬고 있는 철새들과 교감을 나눌 것인
가? 와온 해변에 가서 은은하고 아름
다운 노을을 벗 삼아 한껏 분위기를
내볼 것인가? 화포 해변에서 햇살에
산산이 부딪혀 빛을 내는 바닷물 조각
으로 퍼즐 게임을 할 것인가?

2015. 11. 1. nikon D4s×600mm F6.3/순천만 화포

2015. 11. 1. nikon D4s×600mm F6.3/순천만 화포

건성으로
보는
담양 생태 습지

담양 생태 습지는 우리나라 어디에서나 볼 수 있는 평범한 하천변을 따라 흐르는 둔치를 말한다. 특별하지도 각별하지도 않은 그런 하천변이라고 할 수 있겠다. 다만 담양군 가막골 유원지 내 용소에서 발원하여 115킬로미터 280리를 따라 목포 앞 서해에 빠져나가는 영산강의 초입에 해당되기 때문에 물도 맑고, 영산강에서도 감히 접할 수 없는 1급 수원이라 여러 생태계가 잘 형성되었다고 볼 수 있다.

나와 인연은 5, 6년 전으로 거슬러 올라가 본다. 광주시 외곽인 집에서 10여 분 차를 몰고 나오면 담양천 습지 뚝방에 도착한다. 가벼운 망원렌즈를 들고 뚝방 길을 20여 리 정도 달리다 보면 아름다운 습지며, 겨울철에는 다양한 철새를 찍을 수 있다.

가장 흔하게 찾아오는 겨울 철새는 쇠오리나 청둥오리다. 차를 세우면 민감하게 바로 날아가기 일쑤였고, 사람에게 적응하는 봄철이 다가오면 차를 세우고 한참 쳐다봐도 본척만척도 않던 녀석들이다. 또 갈대와 억새로 숲을 이룬 둔치에선 고라니 한두 마리가 먼저 놀라서 달아나기도 하고 되새 무리가 집단 군무를 펼치며 유혹하기도 하는, 용소에서 담양군 수북, 대전, 봉산면을 지나다가 광주시 용강동까지 30여 만 평에 이르는 거대한 습지 면적에서 볼 수 있는 광경이다. 하지만 생활하수의 공습으로 생태천이라는 기능을 잃게 될지도 모르는 상황에 처해 있다.

풍부한 생물 다양성이 보존되어 2004년 우리나라 최초의 하천 습지로 지정

방울새

물잠자리

중대백로

받아 환경부에서조차 감시원을 파견하는 담양천을 무대로 한 책은 지금껏 한 권도 본 적이 없었다. 내가 담양 습지를 좋아하는 이유다. 순천만이라든가 주남 저수지, 우포 늪, 낙동강 변 하천 습지 이런 곳에 비하여 덜 알려져 있고 지명도도 거의 없는 형편이다. 주변에 있는 죽녹원, 메타세쿼이아 가로수길, 관방제림 등은 명성을 얻고 있지만 이들을 아우르면서 유유히 흐르는 생태천엔 관심이 덜한 편이다.

최근 강 살리기 일환으로 대대적으로 파헤쳐진 담양 생태천도 최소 몇 년은 몸살을 앓을 것이다. 자주 찾아와 주던 비오리, 각종 오리류 등 철새의 개체 수가 현저하게 줄었다. 8킬로미터 정도 되는 생태천 뚝방만 지나가도 황조롱이, 말똥가리, 흰꼬리수리 등 귀한 겨울 철새를 쉽게 담을 수 있었는데 최근 몇 년 동안은 그리 녹록치 않더라. 하루빨리 복원력을 발휘하여 예전 모습의 담양천이 되기만 희망할 뿐이다. 무심한 강물은 예나 지금이나 똑같이 그렇게 흘러만 가더라.

162

삵

2012. 12. 29. nikon D700×80-400mm F6.3/담양 생태천

2012. 12. 16. nikon D300×80-200mm F5.6/담양 생태천

2014. 10. 3. nikon D3×600mm F4.5/담양

2014. 12. 12. nikon D700×600mm F5.6/담양 생태천

2013. 7. 28. nikon D700×600mm F4.5/담양 생태천

2014. 12. 6. nikon D700×600mm F4.5/담양 생태천

천년 고찰 **용흥사**의 겨울

담양읍 외곽 도로에서 장성 백양사를 가는 길목으로 4킬로미터 정도 가다 보면 천년고찰 용흥사란 표지판이 나온다. 898호 4차선 지방도를 빠져나와 2차선으로 2킬로미터 정도 더 들어가다 보면 제법 운치 있는 월산 저수지가 나온다. 옆 도로를 따라 한참 들어가면 백제 시대에 창건했다는 용흥사 초입의 돌계단이 먼저 반긴다. 절간은 그리 작은 게 아니지만 경내에 들어서야만 본모습을 보여 준다.

나는 겨울이면 이 용흥사를 자주 찾는 편이다. 특히 눈이 소복이 내린 하얀 겨울 아침이면 반갑게 달려가는 곳이기도 하다. 이곳에는 오래된 감나무가 여러 그루 있다. 불심이 좋은 스님들은 이 감을 먹을 만큼만 따고 나머지는 자연에 돌려주고 있다. 그래서 매년 이 산감들이 익을 즈음에는 직박구리, 흰배지빠귀, 노란배지빠귀, 개똥지빠귀, 박새 등이 즐겨 찾는, 곳간 같은 곳이기도 하다. 간혹 청딱따구리도 찾아와서 잘 익은 감으로 포식을 하기도 하고, 운 좋으면 청솔모가 반겨 주기도 한다. 사진 찍다가 기다림이 길어지면 땅에 떨어진 홍시 몇 개를 먹기도 하고, 그러다가 보면 산허리를 지나가는 태양에 쫓기듯 집으로 돌아오기도 한다.

절 아래에 물 맑은 월산 저수지 상류에는 원앙 몇 마리가 살고 있는가 보다. 눈 내린 겨울날에 만나는 원앙은 몽환적인 설경과 어우러져 아름다운 한 장의 그림엽서가 된다. 야생이라 그런지 한두 장 찍다 보면 이를 눈치 챈 원앙들이 나무들 사이로 숨어 버린

2014. 12. 7. nikon D700×300mm F5.6/용흥사

다. 그렇다고 포기할 내가 아니기에 차 안에서 라디오를 틀어 놓고 음악 감상을 하다 보면 숨은 그림 찾기를 하듯이 원앙이 살짝 몸을 드러내 준다. 그렇게 숨바꼭질을 하다 보면 언제나 싫증은 내가 먼저 나서 조용히 절을 빠져나온다.

우리나라의 어느 산사든 절경의 산세와 어우러져, 종교적인 안식처뿐만 아니라 누구나 반겨 주는 마음의 안식처가 되어 준다. 용흥사는 그리 많이 알려진 큰 절은 아닐지라도 백설이 온 세상을 덮은 겨울에 한 번 정도는 가볼 만한 곳이다. 눈이 많이 온 날에 꼭 절 주차장을 고집하다가는 오도 가도 못하는 고립무원의 신세가 될 수도 있다. 일주문을 지나면 조그마한 주차장이 나온다. 차는 이곳에 세워 두고 몇 발

171

자국 걷다 보면 계곡에서 쏟아져 나오
는 물소리도 들을 수 있고, 산새들의
환영 인사도 받을 수 있다. 특히 많이
춥던 날 1미터가 넘는 고드름은 용흥
사에서 맛볼 수 있는 또 다른 별미였
다. 심하게 표현하면 처마에서 땅 닿
게 늘어뜨리는 고드름은 절간의 기와
지붕의 곡선과 어우러져 멋진 그림 한
폭을 선사해 주었다. 그러나 고드름의
끝은 무시무시한 창끝처럼 뾰족한 게
의병들 무기로 써도 되겠다 싶을 정도

였다.
유난히 감도 붉게 보이는 이곳에 주식
거리를 찾아 몰려드는 지빠귀와 물까
치 군단들 그리고 틈새시장을 노리고
호시탐탐 간식 수준으로 홍시를 취하
는 청딱따구리와 박새, 오색딱따구리
들의 경합을 보는 것만으로도 즐겁다.
화려하고 큰 절은 아니라고 할지언정,
천년이란 역사를 오롯이 간직하고 조
금씩 조금씩 내놓은 용흥사의 맛은 충
분히 볼 수 있지 않을까 싶다.

2014. 12. 13. nikon D700×300mm F4/용흥사

2014. 12. 7. nikon D700×80-200mm F5.6/용흥사

2014. 12. 13. nikon D700×300mm F4.5/용흥사 입구

2014. 12. 7. nikon D700×300mm F4.5/용흥사

용흥사는 눈이 소복이 내린 겨울 아침이면 반갑게 달려가는 곳이다. 이곳
은 오래된 감나무가 여러 그루 있고 불심이 좋으신 스님들은 이 감을 먹
을 만큼만 따고 나머지는 자연에 돌려주고 계신다. 그래서 매년 이 산감
들이 익을 즈음에는 직박구리, 흰배지빠귀, 노란배지빠귀, 개똥지빠귀, 박
새 등이 즐겨 찾는다.

2013. 12. 29. nikon D700×80-200mm F5.6/담양 용흥사

담양군민이
사랑하는
메타세쿼이아 거리

우리나라의 이름다운 길을 꼽으라면 담양 메타세쿼이아 거리도 포함될 것이다. 모든 길에는 나름의 이야깃거리가 있다. 이 거리도 처음부터 사람들에게 사랑받지는 않은 것으로 알고 있다. 10여 년 전에 임업에 종사하던, 공직에서 퇴직하신 선배가 이 거리를 지나가면서 들려준 이야기가 있다.

가로수를 심어야 하는데 예산이 넉넉한 것도 아니고 그렇다고 전문가의 자문을 받아 수종을 결정하여 가로수를 심을 형편도 아니었다고 했다. 그래서 그때 같이 근무한 직원 몇 명이 형편에 맞는 나무를 심었는데 그게 메타세쿼이아였다. 그렇게 수십 년이 지났는데 이렇게 사랑받는 길로 변했다나 뭐라나.

그 선배의 이야기가 맞는지 여부는 그리 중요치 않다. 광주 부근에 사는 연인들과 가족이 놀러와 사진 찍는 길이던 이곳이 지금처럼 천지개벽 수준으로 변할지는 몰랐다. 한때 2차선 포장도로로 담양에서 순창으로 넘어가는 지름길이었기에 교통량도 많았고, 사람들만 지나다니기에도 여유 있는 공간은 아니었다. 그러다 통행량 급증으로 4차선으로 넓혀야 할 필요성이 있어 도로변 한쪽은 메타세쿼이아 나무를 그대로 두고, 확장하는 구간은 나무를 베어 내고 도로 포장을 하는 계획이 발표되었다. 예산 투입이나 효용성 면에서는 나무랄 데 없는 계획이었다. 그러나 이 계획은 담양군민들의 애정 어린 시위의 도화선이 되었다. 오죽하면 나무에 자기 몸을 매고 나무를 베려거든 자기부터 베고 가라는 거

2014. 11. 15. nikon D700×80—200mm F5.6/메타세쿼이아 거리

2012. 12. 8. nikon D700×80-200mm F5.6/메타세쿼이아 거리

친 항의까지 하기에 이르렀겠는가.
이런 담양군민들의 애정이 이 길을 살려 냈고 지금은 담양군에서도 제일가는 관광지로 변했다. 내방객도 지근거리에 사는 광주 시민에서 경상권 등 몇 백 킬로미터 이상 되는 거리에 사는 분들 심지어, 얼굴색이 다른 외국인들도 심심치 않게 볼 수 있는 곳이

되었다.
사실 나는 일주일에 두 번 정도는 메타세쿼이아 도로를 지나가는 편이다. 매주 이곳을 지나간다고 봐야 한다. 특별한 일이 없는 한. 이 도로에서 1킬로미터 이내에 물총새를 찍는 위장막이 있어 다른 곳에 출사 나가지 않는 한은 늘 이곳을 찾는다. 그렇다고 사

180

진기를 들고 이 거리를 찍는 건 아니다. 잘해야 일 년에 두세 번 이 거리를 찍을 뿐이다.

봄에 새 순을 틔어서 숲 터널을 만들 때, 늦가을 노랗게 물들다가 검붉게 물들어 갈 무렵에 그리고 한겨울 함박눈이 온 세상을 뒤덮을 때, 이 도로에서 한두 장 사진으로 기록해 둘 뿐이다. 가까이 사는 자의 사치일까? 명품 길을 몰라주는 무지한 자의 선택일까? 그래도 여전히 난 이 길을 사랑하고, 지금도 주말이면 늘 하던 대로 이 길을 지나간다.

내 사랑
비금도

비금도는 목포에서 50여 킬로미터 떨어진 서해안의 섬이다. 신안군에서도 14개 도서 읍면 중 당당하게 읍동리를 가지고 있는 인구 4,000여 명의 제법 큰 섬이다. 비금도엔 비금중·고등학교도 있으니 이 정도면 어디에 내놓아도 당당한 위용을 자랑할 만하다. 거기에 이곳에서 한겨울에 재배하는 섬초는 대한민국 시금치 시장을 평정한 지 오래다. 가격이나 품질 면에서도 타 지역의 포항초나 남해초가 감히 명함을 들이밀지 못할 정도다. 이런 명성은 하루 이틀에 만들어지는 것이 아니라는 걸 나는 2년 동안 이 비금도에서 살면서 눈으로 직접 목격한 산증인인 셈이다. 비금인들이 얼마나 애정을 쏟아붓고, 얼마나 고생을 하면서 키워 내는지는 시금치 가격으로 보상

하기에도 턱없이 부족하다는 생각을
하곤 한다.

또 한 가지는 천일염이다. 하늘이 내
려준 귀한 선물을 박삼만이라는 장인
이 우리나라 최초로 제1호 염전을 허
가받아 소금을 생산한 곳도 바로 이
곳, 비금도 대동염전이다. 이곳은 현
재 근대문화유산으로 지정되어 있다.
비금도 천일염이 좋은 이유는 게르마
늄이 풍부하고 오염이 없는 청정 해역
바닷물을 사용한 탓도 있지만, 무엇보
다 염전 주인이 가족과 직접 소금을

2007. 2. 28. nikon D70S×300mm F11/비금도 명사십리해수욕장

2007. 3. 15. nikon D70S×80-200mm F4/비금도 첫구지해수욕장

만들어 내는 데 있다. 아무래도 종업원이 만들어 내는 소금과 주인이 만들어 내는 소금 간 차이는 정성이라는 면에서 있을 것 같다.

나는 공직에 대해서는 큰 복을 받고 있고 또 행운도 많이 따랐다고 생각한다. 그중 하나가 이 비금도 면장으로 2년간 근무한 일이다. 이런 인연이 없었다면 그저 어느 섬처럼 그냥 구경거리로 주마간산 지나치듯 그리 보냈을 것이다. 나는 이곳에서 주민들과 나눈 끈끈한 정을 잊지 못한다. 대부분 섬 사람들은 억척같고 좀 거칠다고 이야기한다. 그러나 마음을 터놓고 다가오는 한 분 한 분의 그 정은 지금도 이곳이 고향이 아니었던가 착각을 할 정도다.

184

2007. 4. 19. nikon D70S×80-200mm F6.3/비금도 원평해수욕장

섬을 떠나온 지가 벌써 10여 년이 다 되어 가는데 지금도 전화를 주시고, 만나서 소주도 한잔 기울이며 사는 이야기를 나눈다. 그런데도 그곳에 사시는 분들은 내가 사는 곳이 어느 섬보다 더 아름답고 자랑할 곳이 많다는 생각을 못하는 듯하다. 그래서 목포문화예술회관에서 비금도의 삶에 대한 전시회를 연 적이 있다. 당신들이 사는 동네가 이렇게 아름답고 멋지다고 말해 주고 싶어서였다.

비금도는 날 비(飛)와 새, 즉 날짐승 금(禽)인데 우스갯소리로 쇠 금(金)으로 표현하여 그만큼 돈이 많은 곳이라고 하기도 한다. 시금치와 천일염으로만 이 조그마한 섬에서 연 200억 원이 넘는 돈을 벌어들이고 있으니 과연 그럴 만도 하다. 또 이곳의 추젓이란 새

185

우젓갈과 해산물 그리고 해풍 맞은 농산물에 선왕산 고사리까지, 비금도 산물 중에 최고가 아닌 것이 없을 정도이다.

개인적으로 이 비금도는 신이 빚은 걸작이라고 칭하고 싶다. 하누넘 해변부터 명사십리 등 크고 작은 해수욕장이 30곳이 넘고 최치원의 전설이 간직되고 있는 선왕산, 그림산부터 섬 전체가 한 폭의 풍경화다. 홍도, 흑산도에 들러서 혹사당한 여행 일정을 비금도에 들러 쉬어 가면서 여행의 참맛을 만끽한다는 관광객 이야기도 들었다. 그만큼 비금도는 숨은 비경이 많은 곳으로도 유명하다.

이곳에서 2년 동안 주말이면 이곳저곳을 탐미했다. 가산 항부터 수대 항까지 그리고 고막지 뒤편마을 백사장이나 당두리 임도에서 바라보는 절경, 하누넘 해변 부근의 절벽 해안까지, 알려진 곳보다도 더 많은 보물이 자리하는 곳이 비금도인 것 같다.

2007. 3. 16. nikon D70S×300mm F4/비금도 원평해수욕장

비금도에 있을 때 서울에 있는 친구가 삶이 힘들다고 푸념을 한 적이 있다. 내 대답은 단순했다. 내일 첫 배가 7시에 목포 항에서 있으니 무조건 비금으로 들어오라고 했다. 그 친구는 다음 날 비금도에 들어와서 줄곧 혼자 섬을 쏘다녔다고 한다. 그러고는 잘 쉬었다 간다고 전화만 한 통 오곤 끝이다. 후

2007. 5. 13. nikon D70s×80—200mm F5.6/비금도

늘 비금도 여행을 꿈꾼다. 정 많은 비금인들과 부대끼며 어찌 사시는지 서로 이야기도 나누며 밤
하늘 모래보다 많이 보았던 그 별을 보면서 백사장을 거닐고 싶다. 그러나 현실은 늘 반대로 가고
있다. 나는 여전히 비금도 사랑에서 못 헤어나고 있는가 보다.

일에 안 일이지만 그 뒤부터 힘들고 삶의 여유를 찾고 싶으면 혼자 비금도를 찾아와서 삶을 헤쳐 나갈 힘을 얻었다고 한다. 비금도가 전환점이 되곤 했다며 나에게 고마워했다.

섬 여행은 유흥가를 놀러 온 게 아니다. 그러나 관광객 대부분은 섬에 오면 심심하다고 한다. 특히 불 꺼진 밤에는 더욱더. 그만큼 즐기는 방법이 서툴다고 할까?

지금도 비금도를 가고 싶다. 아니 늘 비금도 여행을 꿈꾼다. 정 많은 비금인들과 부대끼며, 어찌 사는지 서로 이야기도 나누며, 밤하늘 모래보다 많이 보았던 그 별을 보면서 백사장을 거닐고 싶다. 그러나 현실은 늘 반대로 가고 있다. 나는 여전히 비금도 사랑에서 못 헤어나고 있는가 보다.

2007. 4. 25. nikon D70s×80-200mm F11/비금도 명사십리해수욕장

칠발도의 일몰

2007. 6. 6. nikon D70s×80–200mm F8/칠발도

산수화
한 폭 같은
밀재의 아침

밀재는 광주에서 영광으로 가는 22번 지방도 2차선 구도로에 위치한 고개 이름이다. 불갑산이 해발 516미터이니 밀재는 400여 미터 되지 않을까. 원래 이 고개는 가팔라서 눈이라도 내릴라치면 길이 막히는 유명한 고갯길이었다. 다행히 풍광이 잘 보이는 곳에 휴게소가 있어 중간에 휴식할 겸 주변 경관을 구경하며 차 한잔 하던, 개인적으로는 알려지지 않은 명소 중에 명소였다.

하지만 지금은 바로 옆에 4차선 도로가 뚫리면서 이 고갯길도 찬밥 신세가 되었다. 휴게소도 개점휴업 상태가 되어 버린 지 몇 해나 되었다. 대신 가을부터 이른 봄까지 새벽에 이 고갯길은 사람들로 일렁이기 시작한다. 전국의 사진 동호인들이나 아마추어 사진가들이 밀재에서 노랗게 물든 들판을 배경으로 작품 사진 찍기에 여념이 없는 탓이다. 이곳은 보통 해 뜨기 30여 분 전에는 도착해야 한다. 이 계절이면 일교차가 커서 들판엔 운무가 끼고, 이내 산수화 같은 분위기가 연출되면서 해가 떠오르기 시작한다.

그러나 해가 뜨기 시작하면 구름도 쉬이 사라지기 때문에 해 뜨고 20여 분 이내에 모두 철수하고 만다. 나는 여태 사진 찍기 위해 이 밀재를 한번도 가보질 않았다. 물론 무수히 많이 이 길을 지나서 영광을 간 적은 있지만 일출을 찍기 위해 찾지는 않았다.

아마도 지독한 게으름, 이게 원인일 게다. 아침잠은 보약이라고 하지 않는가.

목포에서 밀재까지는 대략 1시간 거리

2012. 9. 19. nikon D700×80-200mm F11/함평 밀재

2012. 10. 14. nikon D700×80-200mm F11/함평 밀재

2012. 9. 19. nikon D700×80-200mm F5.6/함평 밀재

2012. 9. 19. nikon D700×300mm F11/함평 밀재

이다. 해는 오르고 있는데 구름에 많은 부분 가려졌다. 지상에서는 무서운 기세로 뭉게구름이 피어오르고 있다. 내가 찍을 만한 포인트는 이미 대부분 구름이 덮어 버렸다. 이 지독한 안개……. 조금 지나니 그 많던 사진사가 하나둘 자리를 떠났다. 이제는 나 혼자뿐이다. 그런데 한쪽 구석에서 내가 바라던 산수화가 그려지기 시작한다. 자연이 나에게 내려 주는 선물이다. 너무 황홀하다.

아침잠을 못자서 눈꺼풀이 내려앉는데도, 분명 내 앞의 풍경은 몽환 그대로다. 아름답다. 또 고맙다.

밀재는 어둑어둑하여 풍경이고 뭐고 앞을 분간하기 어려울 정도이다. 카메라를 세팅하고 깜깜하지만 한 장을 눌러 본다. 해뜨기 직전 하늘은 신비의 파아란색을 띤다. 눈에는 안 보이지만은 분명 색이 있다면 신비스러운 푸른빛이다. 이윽고 붉은 기운이 돌기 시작하더니 해가 떠오르는 모양이다.

2012. 11. 3. nikon D700×80-200mm F5.6/함평 밀재

사진은 일기장이다

나오며

따분한 사진 이야기를 꺼내 본다. 왜 사진을 찍는가? 하고 참 많이 물어 온다.
"좋아서요."
내 대답도 싱겁긴 마찬가지다.

지난 사진들을 들춰 보면 당시의 상황이 주마등처럼 스쳐 지나간다. 나는 이래서 사진 취미 활동은 낚시 하는 것보다 좋다고 항변한다. 낚시가 더 재미있지만 결과물은 오히려 사진이 오래가기 때문이다. 또한 사진 한 장에는 희로애락이 담겨 있다.

여기에 올려 둔 사진이 최근 판은 아니다. 전부 1년 이상 묵은 것이다. 휴대폰에 '풍경'이라는 폴더에 저장해 둔 것을 몇 장 뽑아내 보았다. 내게 한 장 한 장 그때의 정보는 아주 뚜렷하지는 않지만 스크린이 된다. 아주 마음이 아팠거나 즐거웠을 때의 기록은 수십 년이 지나더라도 상기가 될 것이다. 역사적으로 다큐나 역사 기록물 정도는 아니더라도 최소한 내 추억의 일기장은 되는 셈이다.

이 흔한 축제장에서의 연출 사진 한 장이 그렇다. 아마도 이런 사진을 같은 날 같은 장소에서 찍은 사람은 수백 명은 될 것이다. 그러나 이 한 장의 의미는 그 수백 수십 명 모두 다를 것이다. 특히 나에게는 아주 중요한 기록물이자 잊어버리고픈 일기장의 한 페이지이기도 하다.

이 현장은 명량대첩 재현을 하고 있는 진도대교 아래편 해상이다. 이런 장면을 연출하기 위하여 서울에서 스턴트맨 10여 명을 섭외했다. 그런데 이 해역은 우스갯소리로 빠져 죽으면 시체도 못 찾는 곳이란다. 오죽 물살이 강하면 이순신 장군은 이곳에서 일본군 배 수백 척을 수장시켰겠는가.

그럼에도 불구하고 움직이는 배 위에서 조선 수군과 일본 수군이 한판 붙는 제법 리얼한 신을 찍었다. 일본 수병이 싸움에 져서 물속에 텀벙 빠지는 장면 연출이다. 난 기획 단계부터 한사코 반대했다. 우여곡절을 겪은 후에 현지 주민들의 지식과 경험으로 그나마 안전한 곳이라고 일러 준 곳에서 이런 장면을 목숨 내놓고 시연했다. 지금은 매년 이 장면을 축제의 하이라이트로 재현하고 있다.

이 사진이 나올 시점에선 나도 그렇고 물에 빠져 든 이 사람들도 제정신이 아니었을 것이다. 그러나 성공적으로 이 장면은 끝마쳤다. 스턴트맨 전부가 물에 빠지는 싸움 동작에서는 이를 구경하는 관광객들에게 찬사와 박수를 많이 받았다. 그 후에도 양측 배에선 화약이 난무하고 싸움은 계속되었다. 모두 물에 빠진 사람들은 잊어버리고 마지막 배들의 해전에 몰두해 있을 때 나는 물에 빠진 이들이 걱정이 되어 안절부절이었다. 다행히 물속에서 헤엄쳐 나오는 이들이 보였다. 이렇게 해서 추억거리는 지나갔지만 난 이 추억을 사진이라는 일기장에다 담아 두었다. 비록 사진 파일일지라도 간혹 한 번씩 들춰 보면 그때의 기억이 오롯이 되살아난다.

가끔 남은 사진을 보면 내 나이는 그만큼 먹었구나 싶다. 나는 여전히 한 장 한 장 더 심혈을 기울여 찍는다. 그 사진이 작품이 되고 남들이 다시 보고 싶어지는 사진이 아닐지라도 최소한 나에겐 일기장인, 소중한 기억을 머무를 수 있게 하는 사진. 이래서 나는 지금도 사진기를 내려놓지 못하고 있다.

野生은 내게 마음을
비우라 했다

초판 1쇄 인쇄일 | 2015년 12월 17일
초판 1쇄 발행일 | 2015년 12월 23일

지은이　| 유영관
펴낸곳　| 북마크
펴낸이　| 정기국
편　집　| 이병철
디자인　| 서용석
관　리　| 안영미

주소　　| 서울특별시 동대문구 왕산로23길 17 중앙빌딩 305호
전화　　| (02) 325-3691
팩스　　| (02) 335-3691
블로그　| http://blog.naver.com/chung389
등록　　| 제 303-2005-34호(2005.8.30)

ISBN　　| 979-11-85846-23-1 (03810)
값　　　| 15,000원